KB065325

문학과지성 시인선 510

물류창고

이수명 시집

문학과지성사

문학과지성사에서 펴낸 이수명의 시집

고양이 비디오를 보는 고양이(2004)
언제나 너무 많은 비들(2011)
마치(2014)
왜가리는 왜가리놀이를 한다(2015, 시인선 R)
도시가스(2022)

문학과지성 시인선 510
물류창고

초판 1쇄 발행 2018년 6월 25일
초판 8쇄 발행 2023년 9월 20일

지 은 이 이수명
펴 낸 이 이광호
편   집 조은혜 최지인 이민희 박선우
펴 낸 곳 ㈜**문학과지성사**
등록번호 제1993-000098호
주   소 04034 서울 마포구 잔다리로7길 18(서교동 377-20)
전   화 02)338-7224
팩   스 02)323-4180(편집) 02)338-7221(영업)
전자우편 moonji@moonji.com
홈페이지 www.moonji.com

ⓒ 이수명, 2018. Printed in Seoul, Korea

ISBN 978-89-320-3113-2 03810

이 도서의 국립중앙도서관 출판예정도서목록(CIP)은 서지정보유통지원시스템 홈페이지
(http://seoji.nl.go.kr)와 국가자료공동목록시스템(http://www.nl.go.kr/kolisnet)에서
이용하실 수 있습니다. (CIP제어번호: CIP2018018852)

문학과지성 시인선 510
물류창고

이수명

시인의 말

그가 말했다.
물류창고로 사용해도 좋습니다.

2018년 6월
이수명

물류창고

차례

시인의 말

III

해설

I

나의 경주용 헬멧

나는 하얀 해를 몰고 다녔다.

나의 경주용 헬멧을 쓰고

이리저리 도시를 온통 쏘다녔다.

벌이 기어갔다.

나의 경주용 헬멧을 쓰고 벌 같은 것이

무덤 속을 미친 듯이 빙빙 돌았다.

셔츠에 낙서를 하지 않겠니

오늘 하나씩 천천히 불 켜지는 거리를 걸어보지 않겠니
하늘을 위로 띄워보지 않겠니
부풀어 오르는 셔츠에 재빨리
우리는 죽었다고 쓰지 않겠니

풍경을 어디다 두었지 뭐든 뜻대로 되지 않아
풍경은 우리의 위치에 우리는 풍경의 위치에 놓인다
너와 나의 전신이 놓인다

날아다니는 서로의 곱슬머리 속에 얼굴을 집어넣고
한 마디의 말도 터져 나오지 않을 때
하나씩 천천히 불을 켜지 않겠니

나란히 앉고 싶어 아무것도 기억할 수 없는 사건을

흉내 내고 싶어
오늘을 다 말해버린다 오늘로 간다
오늘로 가자

오늘이여 영 가버리자

너를
어디에 묻었나

어두운 낙서를 같이하지 않겠니
빠르게 떠내려가는 하늘 아래
방향을 바꿀 줄 모르는
아무것도 모르는 티셔츠를 한 장씩 입고

밤이 날마다 찾아와

밤이 날마다 찾아와
우리는 밤이다.
머뭇거리며 차를 마시러 나간다.
하던 일을 멈추고

오늘을 벌써 잃어서
아무 일도 없어요
계속 오늘을 잃는다.

공이 허공을 어지럽게 날아다니는 밤

위험해요

밤이 오면 눈썹이 사라져서
나는 운다.

네가 죽은 줄 알고
나는 운다.

밤에 나는 녹슬고
어딘가로부터
똑바로 날아드는 공이 무서워

뛰어오르며 my ball 외치는 상상을 해본다. 그렇게 외
치는 건 좀 이상해 보여

밤이 너무 빨리 찾아와
밤에는 나쁜 공기
움직이지 않는 구름

하던 일을 멈추고
계속하지 않아도 돼요
우리는 밤이다.

물류창고

우리는 물류창고에서 만났지
창고에서 일하는 사람처럼 차려입고
느리고 섞이지 않는 말들을 하느라
호흡을 다 써버렸지

물건들은 널리 알려졌지
판매는 끊임없이 증가했지
창고 안에서 우리들은 어떤 물건들이 있는지 알아보기
위해
한쪽 끝에서 다른 쪽 끝으로 갔다가 거기서
다시 다른 방향으로 갔다가
돌아오곤 했지 갔던 곳을
또 가기도 했어

무얼 끌어 내리려는 건 아니었어
그냥 담당자처럼 걸어 다녔지
바지 주머니엔 볼펜과 폰이 꽂혀 있었고
전화를 받느라 구석에 서 있곤 했는데
그런 땐 꼼짝할 수 없는 것처럼 보였지

물건의 전개는 여러 모로 훌륭했는데
물건은 많은 종류가 있고 집합되어 있고
물건 찾는 방법을 몰라
닥치는 대로 물건에 손대는 우리의 전진도 훌륭하고
물류창고에서는 누구나 훌륭해 보였는데

창고를 빠져나가기 전에 아무 이유 없이
갑자기 누군가 울기 시작한다
누군가 토하기 시작한다
누군가 서서
등을 두드리기 시작한다
누군가 제자리에서 왔다 갔다 하고
몇몇은 그러한 누군가들을 따라 하기 시작한다

대화는 건물 밖에서 해주시기 바랍니다

정숙이라 쓰여 있었고
그래도 한동안 우리는 웅성거렸는데

이쪽 끝에서 저쪽 끝까지 소란하기만 했는데

창고를 빠져나가기 전에 정숙을 떠올리고
누군가 입을 다물기 시작한다
누군가 그것을 따라 하기 시작한다
그리하여 조금씩 잠잠해지다가
더 계속 계속 잠잠해지다가
이윽고 우리는 어느 순간 완전히 잠잠해질 수 있었다

풀 뽑기

풀 뽑기를 했어요 모두 모여 수요일에 풀을 뽑았어요 목요일에 뽑은 적도 있어요 풀이 자라고 계속 자라서 우리도 계속 모이고 모였어요 풀이 으리으리해요 토마토 밭에 들어갔다가 상추밭에 들어갔어요 풀을 뽑다가 토마토도 뽑고 상추도 뽑았어요 이게 무슨 풀이지? 물어도 아무도 몰라요 풀은 빙빙 돌고 풀은 무리 지어 부풀어 오르고 풀은 울음을 터뜨리고 풀은 서로를 뚫고 지나갔어요 풀은 텅 비어 있어요 풀은 반들반들 빛났고 더 이상 반짝거리지 않았어요 풀에 가려 아무것도 보이지 않았어요 풀 속에 숨어 아무도 보이지 않았어요 풀을 뽑다가 풀 아닌 것을 뽑았어요 미나리도 뽑고 미나리아재비도 뽑았어요 풀 한 포기 없었어요 그래도 모두 모여 풀을 뽑았어요 우리는 계속 풀 뽑을 사람을 찾았어요 풀이 으리으리해요

물류창고

처음 보았는데 어디서나 볼 수 있는 흔한 창고였다.
누가 여기서 만나자고 했지
불평이 나왔지만 왜 그런지
여기를 드나드는 사람들이 많아서
창고지기가 없어 이 건물은 언제 들어섰나요
물어볼 수도 없지만
우리가 모두 모였을 때 우선 사진을 찍었다.
벌써 삐뚤빼뚤 줄들을 섰다.
혼자서도 찍고
단체 사진도 찍었다.
우리는 잠시 앞을 실천했다.
자 다시 한번 앞을 보세요
처음 들었는데 어디선가 들은 음성이었다.
다시 앞을 향했을 때 앞은 사라지고 없었다.
기념사진을 찍는 동안에는 몇 사람이 잠들었다.
이제 무얼 하면 좋을까
기념 후 곧장 사라져버린 카메라
남은 사람들이 주변을 둘러보았다.
창고가 폭발하기까지는 아직 약간의 시간이 남아 있었다.

밖으로 나가려는 사람은 없었다.
창틀에 마침 나뭇잎 하나 앉아 있었는데
더 이상 날지 않는 잎이었다.

이디야 커피

몇 시쯤인지 알 수 없었다. 여기서부터는
걸어가야 하는데
길이 엉망이구나 나는 고개를 돌렸다.
흰 셔츠를 입은 남자가 이디야 커피 앞에서 자꾸 내 말
들려 내 말 들리냐구 하면서
폰에 대고 소리를 지르고 있었다.
그의 입술이 엉망으로 일그러졌다.
과연 그의 말은 들렸는데 사람을 잘못 보았어 하는 말
도 잘 들렸다.
여기서부터는 걸어가야 하는데 날벌레들이
가로등을 엉망으로 망쳐놓았다.
한 늙은 여자가 바닥에 앉아 있었고 술에 취해
술을 더 가져오라고 했다.
그것은 사실이라고 했다.
당장 오라고 했다.
오늘은 더 걸을 수 없구나 나는 휘파람을 불었다.
여기서부터는 걸어가야 하는데
몇 시쯤인지 알 수 없었다. 여자는 다시 그것은 사실이
아니라고 했다. 모두들 죽음으로부터 다시 한번

튕겨 나와

무언가로 죽음을 내리치고 있었다.

밤새 싸놓은 짐 보따리들이 엉망이구나

흩어진 천 쪼가리들이 돌아다니며 엉망이구나 나는 한숨을 쉬었다.

남은 셔츠들을 가지런히 개기 시작했다.

물류창고

창고를 보았을 때 바로 힐링캠프가 열리는 곳임을 알
았다.
그것은 중앙 광장에 보란 듯이 세워져 있어서
그냥 지나칠 수는 없었다.
며칠 전에 특별 행사로 한 것 같은 시즌 오프 세일 현
수막이
그대로 걸려 있었고 오늘이 마지막입니다
오늘이 다예요 창고 완전 개방입니다
외치는 소리 시끄러웠을 일주일은 아마 지나갔고
지금은 캠프를 신청한 사람들이 군데군데 모여 있었다.
명상을 신청한 사람들은 명상을 하고 그 옆에
요가를 하는 사람들이 벌써 몸을 둥글게 말고 있었다.
우리는 무얼 할지 몰라 둘러보다가 공예보다는
연극이 쉬울 것 같아 즉석에서
연극을 신청했는데
한 팀밖에 구성할 수 없다 하여 경훈과 성미가
다른 그룹의 처음 보는 사람들과 함께하기로 했다.
경훈이 먼저 무대에 올라
늦어서 미안하다고 했다. 캠프 시작에 늦지 않으려 했

는데 오는

길이 막혔고 그런데 자신은 여기에 왜 오는지 모르며 그냥

이끌려 왔는데 뭘 또 하라고 하니 우선 늦어서 미안하다는 거였다. 날이 더워서

더러운 날이라고도 했다. 그때 다른 그룹의 사람 둘이 나와서 자신들은 이 지역 주민이라

할인된 가격으로 캠프에 참가했고

진정한 나를 찾는 힐링을 열심히 하겠다면서 작정한 듯 소리 지르고 바닥에 넘겨졌다가

나중에는 포옹하는 장면을 보여주었다. 경훈은 두 사람이

힐링을 잘 하도록 비켜주었는데 두 사람이

힐링을 너무 오래 해서 성미는 두 사람을

결국 이해하고 힐링을 이해하고

힐링 주변을 계속 빙빙 돌았다. 그러다가 성미가 감동의 눈물을

터뜨렸을 때 두 사람 중 좀 뚱뚱한 사람이

덕분에 자신도 힐링되었다며 성미의 손을 잡고

무대를 한 바퀴 돌았다. 하는 수 없이 경훈은 그 나머지 사람에게

다가가 오늘은 몹시 더운 날이라 했다. 더러운 날이라 했다.

그리고 또 늦어서 미안하다 했다. 한 번 더 미안하다고 했다. 헐렁한

옷을 입은 경훈은 말을 마치고 객석에 앉은 나를 잠시 바라보았는데

내가 부채질을 하는 것을 보고 다시 더운 날이라 했다.

창고에는 중간 크기의 붉은 소화기가 한 대

구석에 놓여 있는 게 전부였다.

안전핀을 뽑아서 노즐을 어떻게 끌고 가라는

안내문이 붙어 있었다. 거기 더러운 먼지가 잔뜩

내려앉아 있었다. 네 사람이 가까이 멀리 그 소화기를 지나치곤 했다. 무대 위에 있어서

그들은 아주

커다랗게 보였다.

이렇게

머리통들이 횡으로 종으로 늘어서 있다. 극장 안 내가
앉은 자리에서 네가 잘 보이지 않는구나 내 앞에는 누군
가의 머리통이 커다란 머리통이 있고 그 머리통 앞에는
또 다른 머리통이 있다. 그리고 또 다른 머리통 앞에는
또 또 다른 머리통이 있다. 머리통 앞에 머리통이 머리통
의 머리통이 잇달아 있다. 보란 듯이 있다. 태연하게 있
다. 네가 잘 보이지 않는구나 내가 너를 얼핏 볼 수 있는
것은 머리통들의 각도에 달려 있다. 앞의 머리통과 뒤의
머리통과 그 사이 머리통들의 각도가 미세하게 열릴 때
네가 찰나 보이는 것 같다. 그러나 각도는 다시 굳게 닫
힌다. 다시 나는 시커먼 머리통들에 갇힌다. 흘러 다니는
머리통을 주워 문득 세워놓은 자들에게 이렇게

물류창고

나는 언제나 같은 꿈을 꾸어요
차를 타고 지나가고 있고요
붉은 컨테이너로 지어진 물류창고를 보아요
그것은 도시 곳곳에 솟아 있어요
뜨거운 태양이 하루 종일 걸려 있어도
녹지 않아요 녹슬지 않아요
뜨거운 태양이 이지러져도
도무지 움직이지 않아요
창고 옆에 한 사람이 서 있어요
창고 밖에 서서 그는 창고 안에 있는 어떤 사람과 이야
기해요
창고에서 창고로 건너뛰어 다녀요
아무것도 흐트러뜨리지 않고
창고를 떠나 창고로 다시 돌아오는 즐거운 작업
내가 그를 향해 손을 흔들면
창고 안에서 사람들이 일제히 같은 잠에 들어요
창고에서 다음 창고로 최선을 다하는 그들의 명랑한
명상
붉은 컨테이너 물류창고는 여름 내내
녹지 않아요 녹슬지 않아요

최근에 나는

최근에 나는 최근 사람이다. 점점 더 최근이다. 최근에 플래카드를 들고 서 있는 사람들 앞을 지나갔다. 어디서 오는 길이지요 묻는 사람은 최근에 본 사람이고 펄럭이는 플래카드 텅 빈 플래카드에는 아무것도 쓰여 있지 않았다. 나는 펄럭이는 깃발 아래 펄럭이는 그림자를 최근에 본 사람이고 그 펄럭이는 것이 신기하게도 구겨지지 않고 계속 펄럭이는 것을 바라보았다. 그리하여 나는 구겨지지 않는 사람들 앞을 지나가게 되었는데 혹은 구겨진 신체를 계속 펴는 사람들이었는지도 알 수 없었는데 아무런 기분이 들지 않았다. 다만 펄럭이는 것이 아무것도 쓰여 있지 않으려 펄럭이는 것이 가로지르고 있는 최근을 따라 걸어가는 것이었다. 수시로 아침이 오려 하는 거리를 신체를 펴고 걸어가는 것이었다. 최근은 편안한 것이었다. 수시로 최근의 사실들이 모여들었다. 조금 더 최근의 일이에요 말하는 사람을 거기서 나는 만날 수 있을 것이다.

물류창고

어두워서 잠이 오지 않아

나도 잠이 오지 않는다

어둠 속에서는 눈을 감을 수가 없어 어둠이 보고 있을
때는
잠을 이룰 수가 없어 잠은 엉터리여서
자고 있을 때는 어디를 다쳤는지 알 수가 없어

와인이 도움이 될 거야 잔을 부딪치는 것이 도움이 될
거야
나도 돕는다 같이 마신다

오늘은 머리를 서쪽으로 하고 누웠지
잠은 잘 있습니다

잠을 자는 동안에는 몸이 줄어들어
자고 나면 몸이 다 사라질 거야

다시 일어날 수 없을 거야 이미 깨어 있어서
언제나 깨어 있어서
다시는 깨어나지 못해 아무도 나를 깨우지 못해

나도 그를 깨우고 싶지 않다

이윽고 환해서 아주 많이 환해져서 우리가 하는 말은
모두 틀려버릴 거야

그러나 아침이 오면
나는 아직 눈을 뜨고 있는 것 같다

통영

누군가 나를 깨웠다. 나는 벌써 깨어 있었는데 내가 깨어 있는 것을 잘 몰랐다. 누군가 나를 들여다보고 있었는데 그를 알아볼 수가 없었다. 누군가 나를 깨웠다.

몇몇 사람들이 숙소를 옮기고 있었다. 숙소로 들어가는 사람들과 숙소를 빠져나오는 사람들 숙소를 예약해야하나요 물어보는 사람들 가까운 데는 없나요

나는 짐 위에 앉아 있었는데 몇몇 사람들이 짐을 밀고다녔다. 그런 건 아무래도 좋은데 짐 위에 짐이 쌓였다. 고르게 숨을 쉴 수 없을 때 누군가 나를 숨 쉬고 있었는데 그를 알아볼 수가 없었다.

나는 하나도 몸이 없었다.

내가 여기서 집으려 했던 것이 무엇인지 잘 몰랐다. 그럴 땐 잠깐씩 바닥에 깔린 양탄자로 굴러떨어졌다. 숙소를 새로 배정받은 사람들이 긴 복도를 따라갔다. 저기 앞서 가는 사람들은 잘 보이지 않았다.

복도 끝에서 누군가 대걸레를 벽에 대고 털었다. 쿵쿵
소리가 오래 울렸다. 걸레는 좀처럼 누그러지지 않았다.

물류창고

나는 벽을 더듬어 스위치를 올린다 불이 언제 나갔지
두리번거리며 주변을 둘러본다 전등을 하나 새로 달려고
했어 갓을 씌워서 그런데 불이 들어오지 않는 거야 어둠
속에서

그는 묻는다 여기서 뭘 하려던 거지
나는 말한다 글쎄 모르겠어
그는 묻는다 뭘 모르는 거지
나는 말한다 창고 안을 돌아다니면
뭘 하려 했는지 자꾸 잊어버려
저쪽으로 갔다가 글쎄 모르겠어 그냥 돌아오게 돼

창고 안에서 우리는 계속 말하게 된다 무슨 말이든 창
고에서는 계속 중얼거린다 이 병들을 빼곡하게 붙여보자
그는 빈 병들을 벽에 높이 쌓아 올렸다가 다시 내린다
이 벽에는 안 되겠어 이 병들은 안 되겠어
병으로 뭘 하려던 건지 모르는 채 굴러다니는
병으로 갑자기 머리를 내리치는 사람들
머리를 쓸어 모으는 일

창고에 있을 때, 그는 속삭이듯 말한다 창고에 있을 때 아주 납작하게 바닥에 누울 수 있다 바닥처럼 될 수가 있다 바닥에서 눈을 뜬다 나는 말한다 숨이 하나도 새어 나오지 않는다 바닥에 떨어져 있을 때, 우리는 숨을 모을 수 없다

　그리고 다시 이렇게 납작한 몸으로 세워지고
　우리는 서 있을 수 있다

저속한 잠

아침에 눈을 떴을 때 몸이 얼어붙어 있었다. 충분히 잠들지 못한 탓이야, 어제 저녁을 먹으러 나가지 않았을 뿐이니 아무 문제도 없을 거야,

한 시간 뒤에 다시 눈을 떴을 때 몸에서 나갈 수 없는 것을 느꼈다. 아직 잠에서 깨어나지 않은 거야, 아래층 사람들과 위층 사람들을 꿈에서 보았다. 그들은 너무 늦었다고 빨리 잠자리에 들어야 한다고 했다. 당신들은 언제 내 꿈에 들어왔나요 물었는데 담배를 빨리 끄라고 했다. 연기를 따라가고 있었을 뿐이니 아무 문제도 없을 거야,

요 며칠 나도 모르게 불시에 잠들곤 했다. 요 며칠 하루에 한 번씩 깨는 것이 번거로워서 이틀이나 사흘째 잠들어 있기도 했다. 그러다가 삼십 분마다 자동적으로 깨기도 했다. 요 며칠 몸을 떠나 어디서나 잠들곤 했다. 잠은 절벽에 매달리거나 쓰레기통 속에 숨어 있거나 나의 맥박을 훔치고 거리에 쓰러져 있었다. 그럴 때 잠은 멀리서 와 몸에 닿았다. 잠은 손이나 눈에 발에 닿았을 뿐이니 아무 문제도 없을 거야,

소란한 소리에 눈을 떴을 때 아래층 사람들과 위층 사람들이 어디선가 저속한 잠을 데리고 왔다. 그것은 아주

시끄러웠고 중심을 잡지 못하고 비틀거렸다. 이 잠이 나를 데려갈 것이다. 어떤 소식을 기다린 듯이 속이 메슥거리고 나는 몸에 금이 가는 소리를 들었다.

아침에 눈을 떴을 때 몸이 끝나고 있었다. 충분히 잠들지 못한 탓이야, 육체는 아직 눈물을 흘리고 있었다. 그만 일어나도 좋을 텐데 몸을 움직이지 않고 아침 내내 누워 있었다.

물류창고

모르는 사람들이 거기에 서 있다.
우리가 만나기로 약속한 창고 앞에

창고 앞에 나란히 서서 테이프 커팅을 하고 있다.

우리가 만나기로 한 창고 안으로 벌써 들어가고
들어갔다가 나오고

생각을 바꾸어 그 창고를
뚫고 나가려는

순간의 창고
뜻밖의 창고인 듯 서 있다.

모르는 사람들이 거기에 서 있다. 거기서 다시 만날 약
속을 하고 있다.
모르는 사람들이 무슨 일인지
계속된다. 언제 꺼냈는지
검은 그림자를 이리저리 끌고 다니며

끊어진 테이프를 뉘우치고 있다.

아무도 태어나지 않은 해였다

빗속에 차를 세워두었다.
더 이상 차를 몰고 갈 수가 없었다.
불어난 물이 이리저리 몰고 다니는 작은 소용돌이 속에
우리는 발이 잠기고 생각을 멈추고
어떤 소용돌이 위에 서 있는지 알지 못하고
발을 질질 끌며 걸어갔다.
굳어버린 나무 하나가 길게 비스듬히 쓰러져 있고
그 나무를 물에서 꺼낼 수가 없어 보였다.
이렇게 육체를 모두 밀어 넣은
미친 잠에서 꺼낼 수가 없어 보였다.
차가운 빗속으로
다시 돌아오지 않을 것처럼 들것에 실린 사람들
들것을 들고 가는 사람들이 천천히 멀어지고 있었다.
조금 있으면 모두 보이지 않게 될 것이었다.
그들 뒤로 빠르게
잠에서 깨어난 빗방울들이 빠르게
어딘지 알 수 없는 곳으로부터 떨어져 내렸다.
빗방울들은 빛을 필요로 하지 않았다.
웅덩이를 필요로 하지 않았다.

불어난 물이 이리저리 몰고 다니는
이리저리 옮겨 다니는 소용돌이들
그 속에 차를 세워두었다.
우리는 발을 질질 끌며 그냥 걸어갔다.
우리의 공동주택에서 아무도 태어나지 않은 해였다.
겁 많은 미끄러운 도로들이
차례로 빗속으로 사라져갔다.
우리는 차가 떠내려가지 않기를 바랬다.
그러나 차를 어디에 세워두었는지 벌써 기억나지 않
았다.

물류창고

우리는 서기 2020년에 관해 이야기를 나누었다.

그리고 그런 건 내일 또 이야기하자고 했다.

문구점에 빽빽하게 꽂혀 있는 스프링 노트들

어제 산 노트를 오늘 새로 나온 노트와 바꿀 수 있는지

문구점 주인에게 물어보았다.

어제 저녁 모임에 참석했고

오늘도 참석했다. 같은 온도에 참석했다. 25도로 실내
가 맞춰져 있었다.

모임에 새로 나온 사람들은 일어나서 자기소개를 하고

환영의 표시로 우리는 친절하게 박수를 쳤다.

박수를 받았던 사람이 내일 또 나온다고 했다.

박수 치는 것보다 더 편안한 것은 없었다.

총을 겨누는 것처럼 쉬웠다.

총은 매끄러워

총을 쏠 수가 없어

내일 또 놀자고 했다.

총을 버리고 사람들이 하나씩 죽을 거라는 소문이었다.

우리가 퍼뜨린 무성한 소문을 놓고 낄낄거렸다.

살아 있을 때에는 누가 누구인지 모르게

몰려나오는 똑같은 사람들을 세워놓고

어제 산 방탄조끼를 오늘 새로 나온 방탄조끼와 바꿀
수 있는지

아무 생각 없이 이야기를 나누었다.

새로 나온 대화체를 참조했다.

내일 또 만나자고 했다.

그런데 집이 어디예요?

지나가는 말로 물어보았다.

여름에 우리는

여름에 우리는 만난다. 만나서 좋아 보인다. 여름에는 멀리 갈 수 없고 다가온 폭풍을 알아차릴 수 없고 여름에는 집을 헐어 가까운 노점으로 간다.

언제라도 좋아
노점이 사방에 둥둥 떠 있다.

이쪽으로 앉을까, 여기 테이블을 밀어 저기 테이블이 생겨난다. 아무 데나 좋아 할 얘기가 너무 많아 몇 개의 테이블을 붙이자

여름에는 초록색 플라스틱 의자에 앉는다. 앞뒤로 삐걱삐걱 의자를 덜컹거린다. 내 말 좀 들어봐 컵을 엎어놓고 게의 집게발을 찢는다. 이제는 더 이상 발을 쳐들지 않겠지

저기압이 발달한 여름에는 노점들이 발달한다. 사람들이 발달한 곳에 있으면 우리는 좋아 보인다. 한 번에 마셔도 좋아 그래 좋은 생각이야 잔을 들어 올리는

노점의 순간에
아는 얼굴이 하나도 없어도 좋아

여름에 우리는 만난다. 만나서 혼잣말을 한다. 여름에
는 어디에도 가고 싶지 않고 여름에 우리는 아무것도 하
지 않고 언제라도 좋아 우리는 단번에 서로의 목을 부러
뜨린다. 이대로 어질러진 테이블이 좋아

물류창고

P는 M을 따라다닌다.

오늘 P는 M과 같은 조이다.

어제는 N과 같은 조였다.

전에도 M과 같은 조였던 적이 있다.

언제였는지 생각나지 않는다.

P는 M을 따라 이동하고

M을 따라 기분이 좋아진다.

접이식 테이블을 지나 빼곡한 선반들을 돌아서

좁은 통로를 따라가며

오늘의 새로운 사실들을 덧붙인다.

전에는 높이 있는 물건을 내리다가 떨어뜨리기도 했는데

창고 안에서 혼자만 소리를 냈던 것이다.

지금은 모든 것이 잘되어간다.

여행용 가방을 A 영역으로 옮겨놓다가

모퉁이 구석진 Q 끝으로 돌려놓고

다시 입구의 C로 진열한다.

C 영역이 갑자기 늘어난다.

P는 M을 따라 걸음을 멈추었다가

평소처럼 Z까지 창고를 한 바퀴 돈다.

오늘은 두 바퀴 돌았는데

매일 돌기에 돌지 않은 것만 같다.

K 쪽 물건들은 배송 중이거나 배송되었다고 표시된다.

배송되었다가 반송되기도 한다.

배송과 반송이 번갈아 나타난다. 흔히 있는 일이다.

P는 M을 따라 확인란에 이상 없음이라고 사인한다.

P는 자신의 글씨체를 좋아하지 않는다.

이렇게 해볼까 다르게 해볼까 하다가

결국 어제와 비슷한 필체로 휘갈긴다.

PM 6:00

P는 물류창고 한가운데 서 있다.

새로운 물류를 맞이하려고 두 팔을 벌린다.

그러나 잠시 후

밖에서 누가 부른다.

P는 대답하지 않고 그 음성을 향해 간다.

바닥에 쓸려 다니는 먼지를 따라간다.

항상 새것 같은

옷을 턴다. 항상 새것 같은 옷을 입는다. 항상 새것 같은 공기 아래 새것 같은 곰팡이가 피고

새것 같은 눈물 천천히 눈에 고인다. 오늘은 상하지 않은 점심을 먹는다.

겨울은 없고 겨울 헤엄도 없는

오후에는 칠이 벗겨진 의자 위에 앉는다. 더 이상 펼쳐지지 않는 빛을 창에서 책꽂이로 옮겼다가 식탁으로 옮겼다가 닫으려던 문 아래 잠시 세워둔다. 기분이 자꾸 바뀌어서 작성하려고 했던 명단이 또 바뀌어서 내가 불청객이 되고 나서야 모든 기분이 사라진다. 모르는 사람들이 많이 올 거다.

중계방송을 듣는 일이 가장 즐겁다. 아나운서의 흥분이 볼륨을 높이고 그래도 금방 날이 어두워진다. 창밖으로 곧 어둠이 가득해진다.

나는 어둠 속에 뚫린 커다란 구멍처럼 보인다.

칩

공원에서 널빤지를 집어 왔다. 공원을 날아다니는 널빤지

그것은 두꺼웠고 누가 내다 버린 것이었다.

햇빛에 비추어 보고 다른 널빤지와 맞추어 보고

벽에 붙였다가 떼어 보았다. 너는 집어등이 좋다 했다.

나는 너의 집어등을 집어 들고 내달렸다. 물고기들이 왔을 때

공원에는 많은 비가 내렸다.

많은 것이 떠내려갔다. 검은 봉지들처럼

얼굴을 가린 물고기들이 서로 겹쳐져

공원을 지나가고 있고

널빤지를 다시 공원에 집어넣을 수가 없었다.

휴가

휴가가 7일째로 접어들었을 때 수원을 가기로 했다.
수원 어때요 물었을 때 그가 말했다. 좋아요
출발할까요 좋아요
수원은 환하고
발이 걸려 넘어지는 게 아무것도 없을 것 같았다. 수원
은 가까우니까

사람들의 피부가 둥둥 떠다닐 텐데

차를 가지고 갔다. 서울에서
톨게이트를 두 번 거치고 계속 터널이 나왔다. 떠다니
는 터널이 좋아요
잊지 못할 휴가일 거야 정말 그래

화성을 따라 걸었다. 검은 돌벽 흰 돌벽에 사람들이 늘
어서 있었다. 좋아요 실현되어버린 약속처럼 사람들이 일
제히 늘어서 있어요 뛰쳐나간 개가 뛰어다니고 있었다.

당신은 이제 여기서 살 거로군요

48

그렇게 해요 우리 좀더 걸어요 아니 더 걷지 말아요

잠시 흥분이 서 있었다. 죽은 시간 위에

멀리서 흘러와 서 있는 이상한 돌들처럼 우리는 여기
붙어 서서 꿈쩍도 하지 않을 거란 생각이 들었다. 그렇게
해요 우리는 똑같아 보일지도 모른다는 생각이 들었다.

드디어 화성에 닿았다. 잊지 못할 휴가일 거야 정말 그래
우리는 갑자기 사라진 것처럼
우리는 조금 웃어보자
좋아요 흰 부츠를 나란히 신었을 뿐인데

우리는 정말 다 꿰매어진 것만 같았다.

물류창고

그는 창고로 간다고 했다. 창고에 재고가 좀 남았나 살펴본다고 했다. 쓸모없는 일이다. 기록상으로는 아무것도 남아 있지 않다. 그는 살펴보다가 어두운 창고에서 문턱에 걸려 넘어지거나 튀어나온 선반에 머리가 부딪히거나 할 것이다. 이윽고 자신처럼 두리번거리는 사람을 발견하고 같이 두리번거리며 창고를 돌아다닐 것이다. 영등포에서 온 김미진 어린이는 방송실로 와주기 바랍니다 방송이 나오면 방송실도 가보겠지 그는 흘러 다니는 전파를 이리저리 따라다닐 거라고 했다. 갈라진 콘크리트 바닥 틈으로 전파가 퍼져나가고 그는 끊어졌다 이어졌다 하는 전파에서 무엇을 찾아내야 하는지 잊어버린 채 목장갑을 끼고 왔다 갔다 할 것이다. 자신이 왜 그렇게 흰 목장갑을 끼고 있는지 몰라 장갑 낀 손을 내려다볼 것이다. 장갑을 벗어 탁탁 털고 있는 그는

II

너는 묻는다

　숲속에서 네가 나왔는데 화분을 들고 서 있었는데 화분에는 아무것도 심어져 있지 않아서 아무것도 볼 수 없었다. 나는 너에게 말했지 화분은 단단하지 않다고 네가 붙잡는 대로 이리저리 일그러지고 있다고 너는 말했지 시신을 찾는 사람들이 여태 숲속에 있어서 숲은 이루어진다고 하지만 시신이 텅 비어 있어서 시신에는 아무것도 심어져 있지 않아서 시신이 없다. 처음부터 없다. 하지만 시신을 찾는 사람들이 여태 숲속에 있어서 숲을 늘리고 늘려서 그렇게 숲을 들치고 마침내 시신이 발견되는 것이다. 시신으로 나를 몰아내는 것이다. 나는 없다. 처음에 없다. 시신이 웃는다. 숲속에서 네가 나왔는데 너는 누구의 시신인가, 너는 화분을 어디에 놓으면 좋을지 묻는다.

조가비에 대고

조가비에 대고

한 번은 웃고 한 번은 울었다.

한 번은 웃고 한 번은 울 뿐이었다. 조가비에 대고

밤과 낮이 돌고 있다. 처음 보는 올빼미를 빼 들고

밤과 낮이 올빼미를 바로 앞두고

갈라졌다. 밤이 낮을 낮이 밤을 밀어냈다.

끄나풀이라고 적었다. 천체가 끄나풀이어서

천체는 계속 뚱뚱해졌다. 낯선 것들에 흥분하면서

낯선 것들이 잠자코 빠져나갔다. 조가비에 대고

신이 평평해졌다.

평평한 손바닥이 다가와

너와 나의 불구의 접촉이 범람하고

어느 날 밤 접촉을 믿었다. 동료가 종종 등장했다. 동
료를 지불하고

조가비에 대고

얼굴을 부수었을 때 조가비에 대고

조가비의 모든 면은 동일했다.

조가비는 정지하기를 주저하지 않았다.

평평한 신이 다가와 부서진 손으로

신을 만져볼 수 없었다.

녹지 않는 사람

그는 집으로 돌아온다 녹지 않고

햇빛 속에 빗속에 녹지 않고

아스팔트에서 거리에서 녹지 않고

숨이 하나도 없는 두개골이 허공을 통과하며

허공이 무슨 소용인가 손에는

종이컵을 들고

하루 종일 다투었던 모든 곳에서 흰 종이컵을

뽑아 들고 입에 물고

이빨은 녹지 않는다

이빨은 다시 하나둘 튀어나오고 다만 수직의 키가

그를 수직으로 유지한다

그를 사방에 내다 걸고

떨어뜨리면 사람들 앞에 서둘러 다시 건다

그를 이리저리 설치한다

그리하여 그는 오늘도 거의 유사한 뒤통수로 돌아오는
중이다

햇빛 속에 빗속에 녹지 않고

아스팔트에서 거리에서 녹지 않고

숨이 하나도 없는 두개골이 허공을 통과하며

허공이 없어지며

밤에도 밤의 깊은 잠을 향해서도

잠에 거의 다 가까워져도 무슨 일인지

그는 녹지 않는다

안부 기계

네가 안부를 묻는다. 안부는 여기 없다. 저기 이웃에
있다. 안부는 들판에 놓여 있다. 안부가 들판에 쓰러진다.
나는 걸음을 옮기지 못했는데 많은 사람들이 걸음을 옮
기고 있었고 저녁이면 걸음을 옮겼고 사람들이 다 같이
옮기는 걸음 속으로 들어가고 싶었는데 사람들이 나를
기다리지 않고 걸어갔고 그들은 그냥 걸음과 하나가 되
어서 걸음 자체여서 나는 그만 걸음을 멈추었는데

네가 안부를 묻는다. 안부는 나를 아프게 하고 안부는
나의 살갗을 파고들고 살갗은 너무 캄캄해 나는 캄캄한
살갗을 여기저기에 걸어둔다. 들판 여기저기에
천천히 굳어가는 돌이 있어
돌을 입에 넣는다.
네가 안부를 묻는다.

연립주택

이 연립주택
공동주택
여기부터 집이다.
여기부터 집이 연립되고
연립에 도달한다.
여기 어딘가에서 사람들이 갑자기 나타나고
다시 연락되지 않는다.
세~탁 외치는 남자가 세탁물 꾸러미를 들고 지나간다.
잠깐만 기다려요
모두 클리닝이 가능하다.
집집마다 헝겊 쪼가리들을 건넨다.
쪼가리들과 함께
연립이 가능하다. 그러나
연립에 도달해도
연립을 알 수 없다.
서로 연락되지 않는다.
주택에 몸을 기입하고
저 집에 사는 사람 이 집에 사는 사람이
고정된 연립에서 하루 종일 왔다 갔다 한다.

몸속에 남은 뼈를 스캔해서 창밖으로 내보내며
자신의 얼굴을 보려고 일어선다.
자질구레한 옷가지들을 펼쳐 놓고
돌아다니는 옷핀을 찾는다.

노면의 발달

노면에 서 있었는데
누군가 지나가는 노면 그러나
누가 지나갔는지 알 수 없는 노면
그때 저쪽에서 한 남자가 노면을 쓸며 다가오는 것이
보였고
누군가 노면에 서 있었는데
내가 지나가는 노면 그러나
사실은 네가 지나갔는지 알 수 없는 노면
그때 너희들이 깔깔거리며 노면 위에서 놀고 있는 것
이 보였고
노면의 상태
노면의 순간
너희들이 노면에 모여 있었는데
건조한 노면
얼어붙은 노면 너희들이 그 노면을 쓰러뜨리는 것이
보였고
그러나 너희들이 그 위에서 미끄러진 것인지 알 수 없
는 노면
그래서 우리들이 노면 위에서 갑자기

잠들어버려도

아무도 우리를 데려갈 수 없는데

그때 저쪽에서 한 남자가 노면을 쓸며 다가오는 것이
보였고

쓸쓸한 노면을 따라

다만 그의 커다란 빗자루가 움직이는 것이 보였고

투숙

우리는 머리 위로 내리는 이것이 눈임을 안다. 이런 눈은 너무 흔하다. 눈은 어떠한 의도도 가지고 있지 않다. 눈이 오면 우리는 눈이 내리는 것을 나무란다. 눈을 뭉쳐 멀리 던진다. 날아다니는 뭉치들 이리저리 빗나가는 것들 그는 자신이 투숙객이라 했다.

어디서 왔는지는 얘기하지 않았다. 눈이 초점을 잃고 내리고 눈이 조금씩 더 어긋나게 내리고 우리는 눈을 뭉쳐 이리저리 굴린다. 거대한 점점 더 거대해지는 마비가 있다. 눈이 내리는 동안 눈은 잠들어버린다. 무슨 일이 벌어지고 있는지 모른다. 눈 속에서 우리는 서로 붙잡지 않는다.

그는 투숙 중이라 했다. 언제까지 머무르세요 이곳이 지낼 만한가요 이런 것이 눈이 아니라는 듯 닿으면 바로 무너지는 눈 이렇게 옷에 잔뜩 묻은 눈은 털어주는 것이 좋아요

눈이 그친다. 이런 눈은 너무 흔하다. 눈은 어떠한 의도도 가지고 있지 않다. 눈은 쉽게 굳어버리려 한다. 우리는 눈을 치운다. 높은 곳에서 떨어진 눈 딱딱하게 굳어버린 눈을 집 밖으로 나른다. 눈을 치울 때 눈이 우리를 바

라본다. 우리가 삽으로 눈을 부술 때 거대한 눈덩이들이
우리를 바라본다. 예전에 자꾸 놀라던 적이 있었음을 눈
속에서 차를 꺼내며 생각했다.

오늘의 경기

떠돌고 있는 풀밭이에요, 풀밭에서 선수들이 뛰어다닌다. 1번 선수 5번 선수 7번 선수가 공개되고 선수들이 달린다. 경기장 밖에서 사람들은 선수들의 이름을 부른다.

경기 중에 선수들이 얼굴을 찡그린다. 오늘의 경기가 풀밭을 자꾸 빠져나가네요, 스코어가 1 대 2에서 2 대 3으로 바뀐다. 선수들은 풀밭에서 미끄러진다. 다른 선수들로 대체된다.

풀밭에만 있는 것은 좋지 않아 풀밭에서는 서로 다른 운동 너무 부드러운 운동 팔다리가 부러지는 운동 모두 다른 곳을 향해 점프한다. 이제 그만 풀밭에서 걸어 나가도 돼

풀밭에서는 말이 아무 방향으로나 튀어나온다. 매번 다르게 나오는 말을 하면서
  그냥 말끝을 흐리자

오늘의 관전 포인트예요, 어떤 선수는 공을 처리하지

않는다. 멀리 떨어지는 공을 바라본다. 선수들이 얼굴을 찡그린다. 그들은 모두 공 밖에 있어요, 선수와 선수는 말을 하지 않는다. 서로 알아들을 수 없는 고함을 친다. 경기장 밖에서 관중들도 선수들에게 알아들을 수 없는 고함을 친다. 따분한 표정으로 선수들을 바라본다.

관중을 만져볼 수 없다. 관중은 흩어지지 않는다.

다음 뉴스

잠깐만

난 가고 싶지 않아

이렇게 말하고
그는 욕조로 들어간다.

벽에 붙은 욕조를 치워야겠다.

네가 들어가 있는 동안
나는 너와 결혼할 예정이야

뉴스 뒤에 다음 뉴스가 계속되고
눈 속으로 추운 빛이 들어온다.

올해가 얼마 남지 않았어
잠도 안 자고
나는 계속 여기에 있을까 해
여기를 꼭 누르고 있어야 피가 나지 않아요

거즈를 감는 법이 잘 생각나지 않는다.

네가 차갑게 식으면
나는 너와 결혼할 거야
물기를 털어내며 달리는 어떤 자세가 자꾸 떠오르고
달린다. 달린다.

벌떡 몸을 일으켜 위를 올려다본다.
천장 가득 수증기가 붙어 있다.

잠깐 붙었다가 떨어지는 수증기가 될 수도 있다.

원주율

베란다에서
옷걸이가 돌고 있다. 옷걸이에 걸린
옷이 돌고 있다.

저 옷을 어제 입었는데 입고 닳아빠진
솔기를 따라 잠에 빠져들었는데

옷은 저 혼자 천천히 돈다.

옷은 이제 다 틀렸다.
다음 날이 되면 또 맞지 않는다.
한 움큼의 날이 거기서 빠져나간다.

그래도 매일
옷을 입는 꿈을 꾼다.

몸이 좋지 않아
집 안을 이리저리 몸이 돌아다닌다.
이어지는 것처럼 보이는 꿈

좀 나와볼래?
누가 찾아왔어

거기 누가 서 있는 거지? 잘 안 보이는데

옷을 다시 입는 꿈
계속되는 것처럼 보이는 꿈
베란다에서 내다보며
옷이 빙글빙글 돌고 있다.

티베트여서 그래

밤이 와서 그래
밤이 오면 너의 얼굴이 생기고
턱이 생기지
알아볼 수 있다.
너를 바라보는 밤의 눈
바라볼 수 있다.

밤에 너를 데려다준다.
너는 좋아 보여
부식토가 움직이는 거리를 걸어간다.
걷는 것을 좋아해 발이 제멋대로 움직여
첫번째 두번째 세번째 사람을 지나
너는 어제보다 좋아 보여
네가 좋아 보일 때 나는 너와 같은 생각을 하는 것만
같다.

새로 간판이 걸린 곳으로 들어가자
키 큰 화분을 지나
페인트 냄새가 사라지기 전에

하얀 테이블들 하얀 냅킨을 무릎 위에 펼친 사람들

하얀 앞치마 입은 사람이 나와서 말한다.

주문을 먼저 해주세요

자리가 없어서 그래

벽에는 티베트 사진이 걸려 있고 미동도 하지 않는 티베트

언젠가 본 것 같은 고원이다.

언제 보았는지 생각이 나지 않는다. 너무 가까이 바라보는 티베트여서 그래

티베트의 잎들이 무심히 하나씩 줄어드는 밤

밤을 밖에다 너무 많이 꽂아서 그래

머릿속의 거미

날씨가 좋구나
오늘은 날이 사방으로 뻗어 있다. 날을 붙잡고
한 번에 빙그르 돌 수 있니?

날과 함께 한 번에 안 보이게
사라졌다가 한 번에 나타나
팔을 풀고

나는 춤을 추었다.
너를 만들고 싶어
춤을 추며

날들을 아주 많이 만들고 싶어

눈앞에 지상의 날들이 서 있는 것 같았다.
지상이 급정지한 것 같았다.
지상을 파기하고자

요란스레 개들이 짖어댔고 나를 앞질러 가는 개였다.

마당을 찾아내 개를 가두었다.

눈 감고 한 번에 빙그르 돌 수 있니?
너를 만들고 싶어 기어이
머릿속에서 거미가 걸어 나온 날이었다.

개가 나타나는 순간

길에 서서 버스를 기다린다.
버스가 전조등을 뿜으며 다가오기를
모퉁이에서 불쑥 나타나기를 기다린다.
버스는 나를 태워주고 나를 떨어뜨릴 텐데

멀리서 개 짖는 소리 들린다.
개가 튀어나오기를 기다린다. 이번에는
꼬리까지 전부 드러날 텐데 개가 나타나는 순간

개는 산산조각 난다.

그래도 고치지 않는다. 개를 고치지 않는다. 뉴질랜드
에 가본 적이 있다. 뉴질랜드에는 검은 개들이 쏘다닌다.
떠돌이 개들이다. 잠깐만 다니러 온 개들이다. 잠깐 사이
거기를 빠져나가는 개들이다.

길에 서서 버스를 기다린다.
다가오는 행인들과 멀어지는 행인들
그들의 발은 어둠 속에서 조심스럽게 부어오르고

행인의 소실점

아침에 묶은 머리가 저녁때면 다 헝클어진다.
풀어진 머리카락이 내 얼굴을 휘감고 돌아다니다가
천천히 놓아준다.

천천히 네 발로 걷는

개는 산산조각 난다. 여기에서 저기까지 그러면 이제
안녕
하늘을
빠져나가지 못하는 어둠

시멘트가 좋다

시멘트가 좋다. 시멘트를 바르는 사람들이 좋다. 그들은 시멘트를 들고 있으니까 손에서 굳어지는 시멘트 단번에 굳어지는 것을 들고 있으니까

아무 걱정이 없다. 아무도 말을 꺼내지 않으니까 말은 평면이니까 어떤 것이 튀어나오는지 무얼 빠뜨렸는지 알 수 없으니까

아무것도 떠오르지 않는다. 여기서 도망치는 중이니까 오늘도 우리를 돌과 자갈로 섞는다. 모래로 섞는다. 이 비율은 아름답다. 이 연작은 언제까지나 우리를 구하리라

시멘트는 열리지 않는다. 시멘트가 우회전하는 벽이 좋다. 대단히 아름답게 꾸며져 있습니다 벽을 한번 천천히 둘러보세요 둘러볼 때 벽면에 너무 붙어 서지는 말고

그러나 오늘은 벽을 따라
도대체 굳을 줄 모르는 것들을 생각했습니다.

시멘트를 사러 갈 거다. 시멘트로 바닥을 그냥 덮어버
릴 거다.

봄 소풍

4월이 끝나갈 즈음 우리는 현충원으로
소풍을 갔다. 한 친구가 현충원으로 가자 했고
한 친구는 벚꽃이 다 졌다고 했다. 단발머리 여자
애가 현충원이 어디 있냐고 물어서 처음 친구가
네이버로 찾으라고 했다. 입장료가
무료고 주차도 무료고 티셔츠 입은 애가
삼촌이 거기 안장되어 있다고 했다. 삼촌을
기억하지는 못하는데 삼촌은 이발사였고
손가락이 하나 없었고 빨간 가방을 멘 여자애가 자신의
아버지는 불치병이라 했다.
현충원은 아침 6시부터 오후 6시까지 개방이니까
처음 친구는 정문에 서서 불치병을 버리지 않아야 하고
단발머리 애는 이발을 하면 되었다.
쉴 새 없이 머리카락들이 잘려 떨어지고
어떻게 해드릴까요 앞은 그대로 두고 뒤를 밀어주세요
머리가 달라지면 이웃이 되고 친구가 되었다.
삼촌은 오늘 벚꽃이 다 졌다고 했다. 다음에
입장료가 없을 때 데려가준다고 했다.
우리는 이리저리 쓸데없는 원을 그리며 현충원을 내달

렸는데

　빨간 가방을 멘 안내원이 어느새 뛰어나와 그 안으로

　들어가면 안 된다고 호통을 쳤다.

　그 안에는 공사 중인 현충원

　철골 벽돌 시멘트가 풀려 있는 현충원

　앞도 뒤도 없이 돌들만 굴러다니는 현충원

　그래서 우리는 모두 현충원입니다

　봄 소풍을 갔다. 걷다 뛰다 보니까

　현충원에 불현듯 안장되어 있는

　그 많은 꽃들이 무슨 꽃인지는 모르겠는데

　다 보였다.

하양 위로

눈이 내린다. 눈은 잘 걷지 못한다.
온몸을 눈에 기대고 걷는다.

내가 생각을 할 수 없도록
누가 눈을 이렇게 하얗게 칠하고 있을까

하양이 나를 스친다.
하양을 잡으려 하면
하양은 벌써 여기저기 붙는다.

네가 다리에 붕대를 감고 왔을 때도 그랬다. 그 붕대를
어디선가 보았는데 기억나지 않았지 하얀 붕대 그걸 언
제 풀 건데 물어보고 싶었지

다리를 언제 꺼낼 건데

눈은 점점 더 많이 내린다. 그칠 줄 모른다.
하양은 아주 긴 옷이어서
하양 위에서는 자꾸 넘어진다.

그럴 때마다 하양 위로 나를 들어 올려야 한다.

하늘에서 내려오는 눈
하양을 하나씩 내려놓으며 내려오는 눈
너는 오래전에 죽었는데 죽기 위해 왔구나

하양이 자꾸
나를 내쉰다.

생각할 수 없도록
누가 나를 이렇게 어른거리게 하고 있을까

인사를 나누는 동안

풀은 어디로 가는가

네가 집과 상점 들을 지나는 동안 풀은 말없이 너를 바라보고

집에 도착해 오늘의 손님들을 맞는 동안

손님들의 옷을 받아 걸고 인사를 나누는 동안

풀은 금세 어지럽게 들판을 덮는다

손님들이 가져온 식물들을 창가에 놓아두고 룸 스프레이를 뿌릴 때

아파트 안이 왁자지껄 소란스러워질 때

저 멀리 일제히 검은 풀

천천히 움직이고

너는 또 어디론가 전화를 걸어 다들 기다리고 있다고 아파트로 직접 오라고 한다

이제 다 연락했군 또 누가 오지 않은 거지

너는 내내 낭떠러지의 풀을 향해 웃는다

손에 풀물이 들고 앞치마에도 풀물이 들고

손님들이 하나둘 취해가는 동안 너는 온통 풀물투성이라서

그늘 속에 세워둔 이 여름

여름은 순식간에 끝났고

여기는 이제 살 곳이 못 돼

한 사람의 입에서 이런 말이 흘러나왔고 그의 발에 걸려 넘어지는 술병들

그건 오해였어 한쪽에서 싸움이 벌어지고

누군가 비명을 지르고

누군가 너의 어깨를 잡아 흔들 때

풀은 어디로 가는가 저기 밖에서 죽은 채로

풀밭을 지나

어디로 사라지는가

너는 저 풀을 다 합한 것 같다 온통 풀물투성이라서

물론이야 쓸데없는 짓이야

무슨 얘기를 했는지 아직 하는 도중인데 벌써 너는 목이 다 쉬어버리고

부서진 목소리 부서진 잔을 넘어 그만 가봐야 해

집에 가야 한다고

다시 보자고 하며 손님들은 떠나고

어지러운 현관 한가운데 서서 너는 손을 흔들고

계속

나는 아이에게 이제 그만 멈추라고 말한다. 여기서 멈추라고 저기 공이 있다고 아이는 말한다. 저 아래로 공이 굴러가고 있다고 공이 멈추지 않는다고 비탈길을 따라 잠시도 멈추지 않는다고 나는 옆에서 흥분해 날뛰는 개에게 멈추라고 소리를 친다. 쫓아다니면서 짖고 있는 개에게 짖지 말라고 여기서 짖지 말라고 하지만 개는 나를 보며 계속 짖어댄다. 분명 한 마리였는데 내가 소리를 지를 때마다 늘어나서 수많은 개들이 여기저기서 나를 보고 짖는다. 개가 막 짖을 때마다 아이는 말한다. 공이 저기 떠내려간다고 통통 튀어 오르며 완벽하게 떠내려간다고 공이 빠르니까 거기서 모두 비켜야 한다고 아이는 말한다. 아침마다 태연하게 내게 말한다. 똑같은 날에 똑같은 말로 여기서 비키라고

III

오늘의 미세먼지

아주 커다란 꽃을 들고 다니다가
어디 꽂을 수도 없는데 그냥 이리저리 꽂다가
잠에서 깨었지

토요일 새벽이다. 쓰레기차 소리가 난다. 거대한 집게가 땅으로 내려오고 한 번에 쓰레기들을 움켜쥐는 것을 본다. 집게를 빠져나간 것들을 다시 움켜쥐고 우그러뜨리는 것을 본다. 쓰레기들은 전혀 움직이지 않는데 어디로도 가지 않는데 집게는 이리저리 방향을 틀고 있다. 밤새 몸부림치며 잔 것 같다. 어떻게 집에 왔는지 어떻게 깨어난 것인지 모른다. 뿌연 창문 너머로 종이 한 장을 남기고 트럭은 사라진다. 종이는 잠시 떠 있다. 나는 입김을 불어 종이를 허공에 띄우고 서 있다. 오늘의 미세먼지는 나쁨이다. 먼지가 나쁘게 떠 있다. 시야가 내내 울퉁불퉁하다.

주민 센터

현판 아래 사람들이 줄을 섰다. 다들 무슨 등록을 하고 있었다. 이 서류 저 서류를 들고 있었다. 줄이 구부러지고 줄에서 나오는 사람 줄로 들어가는 사람 주민들은 하나같이 등록을 원했다. 벌써부터 모집이 있었다. 센터에 오신 것을 환영합니다 센터에 접수해주십시오 센터는 주민 여러분을 기다리고 있습니다 구역 내에 주소를 가진 사람들은 주민이 되었다. 주민이 된 사람들은 주민 센터에 갔다. 큰 글씨 작은 글씨들이 벽에 씌어져 있었다. 너도나도 표를 사서 안으로 들어갔다. 현판 아래서 어떤 주민이 느닷없이 다른 주민의 멱살을 잡기도 했다. 그는 주민등록을 옮기라고 소리쳤다. 데스크에 있는 직원이 주민번호를 달라고 했다. 주민들의 합의를 거쳐야 한다고도 했다. 줄에서 나오는 사람 줄로 들어가는 사람 그 옆으로 주민을 지나쳐 가는 사람

이불

　한 여자가 아파트 베란다에서 이불을 털고 있다. 하얀 직사각형이 위아래로 흔들린다. 네모난 유리 창문들, 현관문들이 줄지어 있고 이불이 혼자 춤을 춘다. 기우뚱거리며 떨어질 듯 날아오를 듯 위태롭게 떠다닌다. 도약 중에 잠깐 접히다가 두 번 다시 같은 모양으로 접히지 않는다. 저 이불은 너무 많은 직사각형을 가지고 있구나, 한 여자가 아파트 베란다에서 이불을 털고 있다. 이불은 어떤 소식도 세상에 전하지 않는다. 먼지를 쏟아낼 뿐이다. 먼지들은 자리를 바꾸면서 떠돈다. 어떤 먼지는 다시 이불에 달라붙는다. 빙빙 돌면서 세상을 떠나기도 한다. 먼지 속에서 이불은 언제 멈출지 모른다. 무엇을 겨누지도 못하고 각도를 맞추지도 못하고 어떻게 멈추어야 할지도 모른다. 혼자 춤을 출 뿐이다. 한 여자가 아파트 베란다에서 이불을 털고 있다. 커다란 직사각형을 계속해서 흔들어대고 있다. 저 이불을 누가 그만

　빼앗았으면

여기서부터 서울입니다

여기서부터 서울입니다

여기서부터 소멸입니다

여기서 멀미가 나고

아무도 눈을 만지지 않습니다

여기에 차를 세워도 되나요

차에서 내려 좀 걷고 싶은데요

다만 소란을 피우는 가라앉았다 떠올랐다 하는 발

허공에서는 그런 아무 발이나 건져 올립니다

휘어지는 차선들이 계속 휘어지도록

여기서부터 서울입니다

여기서부터 소멸입니다

시내에 누군가 쓰러져 있습니다

그가 비를 맞는 줄 알았어요

흔들어보아도 깨어나지 않아요

한 마디 말도 없어요

그를 땅에 묻어야 하는 줄 알았어요

우리는 그만 눈을 아래로 떨어뜨리고

아무도 눈을 만지지 않습니다

비가 오는 줄 알았어요

시내에서는 쓰러진 사람을 어찌해야 할지 모르겠어요

흔들어보아도 깨어나지 않아요

여기서부터 소멸입니다

그가 숨 쉬는 자리가 보이지 않는

여기서부터 서울입니다

비를 위해서

비를 위해서 여기저기 몸을 보이며 비를 위해서 비틀
거리며 오직 지붕 위의 잔디밭 위의 비를 위해서

가만있어봐 움직이지 말고

한동안 그냥 서 있었다. 그냥 서 있었나 보다. 동시에
내리는 비를 위해서 비의 무감각과 무감각한 비를 위해서

검은 우산을 쓰고 빗속을 가로지르는 사람들

검은 돌들이 일제히 번들거리고 저 돌들을 들어 올리
지는 못하고 그만 떨어뜨리고 말았지

너는 비로 덮인다. 그래 천천히 너의 팔다리를 지우는

분명한 비를 위해서 비의 무표정과 무표정한 비를 위
해서

너는 지금 큰비를 찾아낸다. 큰비에

갇힌다.

　너는 그만 닫힌 천지 사방이 되어버렸다. 여기저기 어두운 몸을 보이며 비를 위해서 비틀거리며 한곳에 가만 있지 못하고

신분당선

신분당선 연장선이 개통되었다.
그것은 아주 획기적인 소식이었고
수도권 남부 지역의 교통 편의를 위한 방책이었다.
수도권과 광교 신도시 진입이 훨씬 수월해졌다.
신분당선이 연장되고 새 역사에는 크고 환한 불이 켜
지고
어둠을 뚫고
열차를 타려는 사람들이 붐볐다.
지금 열차가 들어오고 있습니다
빠르고 정확한 신분당선이 개통되어
우리는 선로 위를 달리며
열차 안에서 일제히 핸드폰을 들여다보았다.
우리는 붐비고 있었고 계속
모여들었다. 계속 붙어 서서
어떠한 등도 마다하지 않고 낯선 등에 대고
숨을 쉬었다.
열차가 설 때마다 우리는 충원되었는데 마치
우리 스스로를 어딘가로 계속 밀어붙이는 것 같았다.
단번에 몰려들어 모두 한꺼번에

손색이 없는 열차의 굉음을 따라가는 것이었다.

신분당선은 내년에 북으로 남으로 더 연장될 것입니다

빠르고 정확한 신분당선은 교통난을 해소하기 위한 방
책이었다.

우리가 수도권을 미끄러지듯 지나갈 때

동천 수지구청 성복 상현 광교가 차례로 개통되어

현장에 이르는 순서대로 몸을 돌려

우리는 빠져나갔다.

각자의 현장으로 갔다. 새로운 운행을 시작하는

역사에는 크고 환한 불이 켜지고

흥미로운 일

어떤 공기와 마주치고
냄새를 맡기도 전에
그 공기를 마시는 것은 흥미로운 일이다.
공기가 폐에 달라붙는다.
폐에 손을 넣어본다.
날이 밝기를 기다리며
밤과 새벽 사이 아무 데나 걸터앉는다.

새벽이 다 부서지고
커피를 마시러 간다.
밀면 짤랑 소리가 나는 카페 문
그래 여기가 간밤의 시체를 놓아둘 만한 곳이다.

살아 있는 것은 단지 시체밖에 없는 사람들

이른 시간에 모두들 비슷한 손잡이가 달린
잔을 들고 죽음을 연구하고 있네
그렇게 많은 빨래가 널려 있는 것을 본 적이 없어요
아무 표시도 없는 무덤들이 많아요 이야기하며

우리는 지금 무얼 하고 있지요
우리는 잠시 쉬고 있습니다
기분이 나아지고 있어요

아무 표시도 없는 무덤으로 들어가네

히터에서 따뜻한 공기가 나오는 것은 좋은 일이다.
하지만 공기가 아직 따뜻할 때 여기를 빠져나가야 할
것 같다.
몸이 다 녹기 전에
베이글을 찢다 말고 커피를 마시다 말고
다른 곳으로 가야 할 것 같다.
이 페이지를 표시할 수 없습니다
앞으로 페이지를 넘기면 다음 페이지를 참고하라는 말
만 나온다.

덤불 가운데 식탁보

여기가 어디지? 여기엔 아무것도 없어
발걸음을 돌리려고 하는데 부러진
여러 토막의 각목이 뒹굴고 있다.
그 위로 덤불이 우거지고

덤불 때문에 머리가 아파
덤불은 아무 데로나 간다.
근데 오늘은 덤불에서 식사하고 싶어
마음에도 없는 이상한 말을 하고 만다.

덤불 가운데 식탁을 놓고 식탁보를 깐다.
식탁보를 넓게 편다. 옆으로 옆으로
넓게 펴지기만 하는 것을 바라본다.

식탁 위에 날벌레들이 떼 지어 떠 있다.
하얀 식탁을 둘러싸고 그 위에
어지럽게 떠 있다.

죽은 듯이 뭉쳐 있는 날벌레들

그러나 그러면 안 된다는 듯이 일순 회전을 멈추고
식탁 밖으로 날아가버린다.
금세 아무것도 보이지 않는다.

나의 중얼거리는 사람

비가 내리고
비가 계속 내리면
검은 차 흰 차들이 거리를 돌아다닌다.
저 앞에 차를 세워달라고 한다. 나와 함께 있는
나의 중얼거리는 사람이

저게 뭐지?
저기 나비가 있어요
빗속에 나비가 앉아 있어요

나비는 이런 날을 처음 보았어요
비를 뚫고 갈 수 없어요
비는 길고 계속 길어서 모든 비가
이어져 있다.

땅바닥에 붙어서
날개를 펼치고 접고 다시 펼치고
나비는 누군가에게 붙잡혀 있어요

가까이 가지 않는다.
나비에게 다가가면 다른 알 수 없는 나비들이
바닥에 온통 흩어져 있을 것이다.

차 문을 열 때
조금만 더 앉아 있다 가자고 한다.
나도 금방 일어날 거예요 다시 주저앉으며
나의 중얼거리는 사람이

토마토수프

토마토수프를 만들기로 하고
토마토를 사러 나갔다.
어제부터 비가 많이 왔고
빗물이 무성한 아침입니다
빗물을 따라 앞으로 마냥 걸어가고 있어요
빗물에 토마토들이 넝쿨째 쓸려 갔다는데
마트 앞에는 넝쿨 토마토들이 그냥 쌓여 있었다.
넝쿨째 무성했다.
그리고 넝쿨과 함께
오늘 하루 안에 전부 쭈글쭈글해질 거야
가늘어졌다 굵어졌다 끊어지는 빗줄기에 다 묻혀버리
고 말 거야
내일은 2백 밀리미터의 강수가 예상됩니다
빗방울 하나하나가 무거운 거리
여러 번 깨진 빗방울들 속을 통과해가는 거리
한 번도 본 적이 없는 심장 같은
고무장갑이 길 한복판에 멎어 있는 아침
한 팩에 5천 원인 토마토를 사 왔다.
비닐 팩을 벗기고

토마토를 자르고
그릇을 씻었다.

편의점

창문이 닫히지 않는다.
새로 등록을 하고
너는 탁구를 하기로 결심한다.
해가 넘어가고 있는데 갑자기 집을 나선다.
누군가 짧게 너의 이름을 부르는 소리가 들린다.
지금 가고 있어
너는 이렇게 말하고 있다.
모퉁이의 편의점 하나를 돌고 얼마 못 가서
또 하나의 편의점을 지나간다.
편의점 앞에는 젊은 사람과 늙은 사람이 나타났다가
안으로 함께 사라진다.
번호판을 단 차들이 그 길에 끝없이 늘어서 있다.
너는 번호를 달고 탁구를 하기로 결심한다.
편의점 두세 군데를 들렀다 간다.
해가 넘어가고 동시에 불이 켜지고 있다.
너는 불빛이 있는 곳으로 걸어간다.
불빛이 너무 밝아서
너는 불빛 속에서 탁구를 하기로 결심한다.
연습을 많이 하기로 결심한다.

언젠가 여기 와본 적이 있다.

하지만 다시는 여기 오지 못할 것이라고 생각한 적이 있다.

너는 서둘러 여기를 빠져나간다.

새로운 편의점들 새로운 불빛들이 동요하고

편의점 앞에는 젊어 보이는 사람과 늙어 보이는 사람이 나타났다가

안으로 함께 사라지는 것처럼 보인다.

지금 가고 있어

지금 너는 탁구를 하는 것처럼 보인다.

너를 맞이하려고 편의점에서 누군가 나온다.

그는 모든 불을 다 끄고 나온다.

통통통통 다시는 멈추지 않고 너는 탁구를 하기로 결심한다.

깡통 하나가 천천히 굴러다니고

잠시 그가 서 있다.

지금 가고 있어

그리고 그렇다면 그를 향해

그의 이빨은 정말 하얗다.

걸어가던 개

걸어가던 개는 걸어가려 한다. 계속 앞으로
걸어간다.
뒤에서 자신을 부르는 소리에 잠시 고개를
들었다가 이내 눈을
떨어뜨리고 걷는다.
내려다볼 필요가 없는 것들 어지럽게 널려 있는 것들
가까이 들여다보며 걸어간다.
다 녹아버린 혀를 늘어뜨리고 걸어간다.
저기 맨 앞에 배치된
낯선 자들을
날카로운 이빨로 더 이상 물지 않는다.

우리를 제외하고

4시에 알람을 맞춰놓는다. 알람 소리에 맞추어 눈을 뜬다. 잠 속으로 나를 돌려보내거나 나를 제외하고 우리를 돌려보내거나 우리를 제외하고 나를 꺼내놓거나 잠 속으로 잠을 돌려보내거나 아무것도 돌려보낼 것 없는 눈을 뜬다. 눈을 뜨고 두리번거린다. 아무것도 움직이지 않는 세계가 눈앞에 있다. 처음 보는 기둥이 몇 개 박혀 있다. 반쯤 문이 열려 있다. 눈앞에 있는 것들이 아주 멀리 있는 것만 같다. 눈을 뜨는 순간 모두 찢겨져 뒤로 물러난 듯이

'끝없는 끝'의 세계에
오신 것을 환영합니다
── 주체 – 대상 – 행위의 무효와 노동의 종말에 관하여

조재룡
(문학평론가)

발생시키는 시

대상은 얼마나 다양한 방식으로 세계 속에서 제 존재의 자리를 타진하는가? 대상의 단일성 – 일관성 – 통일성은, 언어의 그것만큼이나, 인간이 빚어낸 허구에 불과하다. '의미'도 마찬가지다. 우리가 자주 '의미'라고 부르는 것도 따져보면, 사물과의 관계에서 오로지 근사의 값으로 빚어질 뿐인 해석의 여분이기 때문이다. 대상을 둘러싸고 행해지는 '의미 부여'에는 주관적 흔적들, 풀어 이야기하자면, 인식이라는 인간적인 관점이 개입한다. 이수명의 시는 세계 속에서 끊임없이 영향을 주고

받으며 존재하는 대상을, 감정을 덧입혀 왜곡하는 화자 – 자아의 시선에서 탈취해내고, 오롯이 대상을 중심으로 세계를 비끄러매는 언어의 고안으로, 새로운 지평을 열어 보였다. 그는 말과 대상의 관계, 그 불완전한 자의성을 폭로하며, 대상의 현재성을 시의 최전선으로 끌고 왔다.

왜가리는 줄넘기다.
왜가리는 구덩이다.
왜가리는 목구멍이다.
왜가리는 납치다.

왜가리는 왜가리놀이를 한다.

테이블은 하나다.
테이블은 둘이다.
테이블은 셋이다.
테이블은 숲 속에 놓여 있다.

손을 들고
숲이 출발한다.
테이블은 없다.

테이블 위로 왜가리는 도착한다.
걸어 다니는 테이블 위로 왜가리는 뛰어든다.

테이블은 부서진다.
숲이 출발한다.

왜가리는 하나다.
왜가리는 둘이다.
왜가리는 셋이다.
왜가리는 없다.

왜가리는 숲 속에서 왜가리놀이를 한다.
　　　　　　　　—「왜가리는 왜가리놀이를 한다」 전문[1]

　문장은 간결하고 표현은 명료하다. 사실을 확인하는 문장들, 그러니까 형용사나 부사 등 주관이 적재된 수식어를 제거하고 오로지 '진위적(眞僞的, constative)' 구문들의 배치가 이 시의 전부를 이룰 뿐, 시인은 좀처럼 드러나지 않는다. 대상을 캄캄한 외투로 덮어버리고 마는 언어의 한계 저 너머에서 오히려 시는 무언가를 발

　1　이수명, 『왜가리는 왜가리놀이를 한다』, 세계사, 1998, pp. 74~75; 문학과지성사, 2015(개정판), pp. 22~23.

생시키는 데 몰두한다. 말은 대상 앞에서 항상 공소하다. 사물 인식을 그대로 실현하는 언어는 사실상 부재하기 때문이다. '왜가리 한 마리가 우리 앞에 있다'라고 해보자. 우리는 방금, 대상이 '있다'고 인식한다는 사실을 전제하였지만, 이와 동시에 그곳이 어디인지를 지시하는 말의 부재도 함께 체험한다. "숲"이나 "테이블"의 측에서 접근하면 '있다'는 조금 더 달라질 수 있다. 언어의 자의성은 존재의 믿을 만한 보증인이 아니라, 대상의 관계들을 사유하는 협약이며, 그래서 그 자체로는 불안한 성질을 지닐 뿐이다. 명명하는 바로 그 순간, 대상은 말의 감옥에 갇힌다. "왜가리"라는 낱말은 '왜가리'를 이 세계와 직접 매개하는 것이 아니라, 그저 왜가리 '놀이'를 할 뿐이다. "왜가리"라는 낱말은 실제 '왜가리'의 행위 가능성을 보장하거나 그 존재를 전제하는 것도 아니다. "왜가리"는 "줄넘기"의 동작을 엇비슷하게 실행했을 수도, "구덩이" 같은 곳에 머물렀을 수도, 누군가에게 "납치"된 적이 있을 수도 있다. "왜가리"는 "하나" "둘" "셋"인 동시에, "왜가리"라는 말 안에 오롯이 담기는 "왜가리는 없다"라 해야 한다. 말은 대상의 본질을 담보할 수 없는 한계를 갖고 있으며, 대상이란 따라서 이 세계에서 항상 '부재하는' 대상이자 다른 대상들과 균분均分하며 형성된 미완의 에너지로 가득한 대상일 뿐이다.

꽃집 주인이 포장을 했을 때 장미는 폭소를 터뜨렸다. 집에 돌아와 화병에 꽂았더니 폭소는 더 커졌다. 나는 계속해서 물을 주었다. 장미의 이름을 부르며.

장미는 몸을 뒤틀며 웃어댔다. 장미 가시가 번쩍거리며 내게 날아와 박혔다. 나는 가시들을 훔쳤다. 나는 가시들로 빛났다. 화병에 꽂힌 수십, 수백 장의 꽃잎이 몸을 제대로 가누지 못했다.

나는 기다렸다. 나는 흉내 냈다. 나는 웃었다. 그리고 웃다가, 장미가 끼고 있는 침묵의 틀니를 보았다. 장미는 폭소를 터뜨렸다.

——「장미 한 다발」 전문[2]

세계는 대상들로 구성되어 있다. 대상의 우연적인 배치가 이 세계를 가득 채운다. 무수한 타자들이 주主가 되어 무언가를 수행할 뿐, 대상의 본질은 여기저기 흩어져 있는 것에 불과할지도 모른다. 대상의 침묵을 깨는 방법은 '이름'을 붙이는 것이다. 대상은 물론, 이름에, 그 명칭에 제 존재를 곧바로 위탁하지 않는다. 이름은 '장미'인데, '장미'라고 발음하며 떠올리는 관념은 헤아릴 수 없을 만큼 다양하기 때문이다. 구매를 통해 대상을 소유한다 해도 상황은 달라지지 않는다. 꽃

2 이수명,『붉은 담장의 커브』, 민음사, 2001, p. 26.

병에 꽂아두자, 이러한 사실이 조금 더 강하게, 현실로 튀어나온다. '장미'라는 이름은, '장미'라는 존재의 불충분한 증거가 되어, 귀를 한 바퀴 돌아 나와 사라질 뿐이다. 반복해서 불러보아도, 입에서 흘러나온 '장미'라는 단어에, 이 세상 모든 장미가, 그 실존이, 존재 가능성이 담기는 것은 아니다. 장미는 우리가 붙인 그 이름보다 훨씬 다채롭고 다양한 경험을 내장하고 있다. 장미의 외침과 아우성에 귀 기울인다. 시인은 장미가 제 존재의 그림자를 내려놓을 때까지, 가시에 찔리고, 흉내를 내고, 한참을 기다린다("나는 기다렸다. 나는 흉내 냈다"). "장미가 끼고 있는 침묵의 틈니"를 마침내 목도하게 될 때까지, 그렇게 '폭소하는 장미'라는 사태가 발생할 때까지. 『붉은 담장의 커브』에서 대상은 비등점까지 끓어오른다. 대상은 이동하고, 갉아먹고, 서로를 침범하면서, 결국 서로의 존재를 증명하는 사태 속에 놓인다. 인간이 부여한 시간과 공간의 주관성과 해석의 격자를 제거하고, 대상의 관점에서, 명료한 문장으로, 이수명은 이 세계의 풍경을 한 번 더 바꾸어놓았다.

한 사나이가 들판을 달리고 들판을 달리는 사나이가 들판이 꺼진다. 사나이에게로 꺼진 들판이 없는 사나이가 달린다. 시멘트 야채 종이 같은 것들이 고온다습해서 그는 무턱대고 배추를 뽑는다. 배추를 들고 걸어가는 사나이가 들판이 뚫려 있다.

들판을 빠져나가는 쥐들이 빠져나가기에 들판이 불편하다.

한 사나이가 들판을 달리고 들판이 뚜껑이 없어서 들판의 시대는 사나이를 닫는다. 들판을 닫는다. 들판을 달리고 있는 사나이가 들판을 끌고 온다. 들판은 늘어나는 사용이다. 사나이는 사나이에게로 밀려 난다. 시멘트 야채 종이 같은 것들을 끄집어낸다.

　　　　　　　　　　　—「시멘트 야채 종이 같은 것들」 전문[3]

달리던 사내가 홀연 맨홀에 빠져 사라졌다. 사내도 들판도 꺼졌다. "사나이에게로 꺼진 들판이 없는 사나이가 달린다"의 두번째 '사내'는 앞서 등장한 "한 사나이"가 아니다. 이 두번째 사내는 "사나이에게로 꺼진 들판이 없는 사나이"이기 때문이다. 두번째 사내가 이어 달린다. 첫번째 사내는 어디 있으며, 무얼 하는가? 인과성은 파괴되거나 자취를 감춘다. 대상과 주체는 행위를 절반쯤 서로 잘라먹으며("들판을 빠져나가는 쥐들이 빠져나가기에 들판이 불편하다") 공존하기 때문이다. 말의

3 　이수명, 『마치』, 문학과지성사, 2014, p. 9.

대상이 말의 주어로 동시에 작동하는 문장을 만난 우리는 차츰 기이한 경험을 체험하게 된다. "한 사나이"는 그 "사나이"인가? "그"인가? 또 다른 사내인가?("한 사나이가 들판을 달리고 들판이 뚜껑이 없어서 들판의 시대는 사나이를 닫는다"). "사나이"는 그러니까 둘이었던가? 셋이었던가? 행위자는 누구인가? 사내인가? 들판인가? 달리는 행위, 혹은 그것을 좇는 시선인가? 함정은 이 모든 곳에 있다. 질문을 끌어내는 게 우선이기 때문이다. 지시소와 행위소, 대상과 주체에 겹으로 포개지는 문장은 이렇게 무언가를 발생시키는 상태로 접어든다. 비교적 간단해 보이는 문장들의 배치 그 이면에는, 발생을 작동시키는 단어들을 집도하는 다수의 하부 경로가 존재한다. 주어는 중의적이며, 대상들도 각자의 입을 갖고 움직인다. 말의 배치와 조직에 의해, 이수명은 대상의 "늘어나는 사용"을 이렇게 실천한다.

대상과 주체의 관계가 뒤집힌 상태를 구현하거나, 어느 한 편의 관점에서 바라보던 시선을 한 번 더 바꾼 또 다른 편의 시선도 동시에 작동한다. 발생이 이렇게 시의 등뼈를 이룬다. 언어는 대상의 '재현'에 몰두하는 것이 아니라, 발생을 견인해내는 운동이자 그 운동의 벡터다. 촘촘하게 얽혀 서로를 덧대며 빛나는 저 명료한 상상의 문장들은 그 사이와 사이, 침묵을 가득 머금고 있다. 대상의 '있음'에 대한 가능성의 추구를 통해, 사물의 존재와 언어의 한계를 동시에 실험하면서, 오로지 이와 같은 방식으로, 첨단의 감각을 흰 종이 위의 사건으로 구축해내는 데 전념해온 그의 시는, 배치와 조합을 통해 전진하는 말의 운동, 저 말의 행진, 그러니까 '마치march'에 이르러, 길을 새로 트고 미답의 영역으로 발걸음을 옮겨놓았다.

대상과 주체, 접촉의 스파크

시집『물류창고』는 충격적이다.

놀라움은 우선, 대상과 주체의 접촉에도 있다. 낱말 하나를 둘 이상의 사용으로 늘리게끔 배치한 구성과 시선의 역치나 교차에 의해, 대상과 주체 사이에 접촉의 활로가 만들어진다.

노면에 서 있었는데

누군가 지나가는 노면 그러나

누가 지나갔는지 알 수 없는 노면

그때 저쪽에서 한 남자가 노면을 쓸며 다가오는 것이 보였고

누군가 노면에 서 있었는데

내가 지나가는 노면 그러나

사실은 네가 지나갔는지 알 수 없는 노면

　　그때 너희들이 깔깔거리며 노면 위에서 놀고 있는 것
이 보였고

　　노면의 상태

　　노면의 순간

　　너희들이 노면에 모여 있었는데

　　건조한 노면

　　얼어붙은 노면 너희들이 그 노면을 쓰러뜨리는 것이
보였고

　　그러나 너희들이 그 위에서 미끄러진 것인지 알 수 없
는 노면

　　그래서 우리들이 노면 위에서 갑자기

　　잠들어버려도

　　아무도 우리를 데려갈 수 없는데

　　그때 저쪽에서 한 남자가 노면을 쓸며 다가오는 것이
보였고

　　쓸쓸한 노면을 따라

　　다만 그의 커다란 빗자루가 움직이는 것이 보였고

　　　　　　　　　　　　　　　　　　　　—「노면의 발달」 전문

　　"노면"은 그 자체로 아무것도 아니다. 노면은 "언제
나 알 수 없는 노면"일 뿐이다. "노면"은 "너희들이 깔
깔거리며" 쓸고 오면서, "노면"이 아니라 "노면의 상태"

와 "노면의 순간"으로 존재한다. 마찰을 통해 이동하는 노면, 시간을 먹고 순간순간 변화하는 "노면", 정지시키자("너희들이 노면에 모여 있었는데") "건조한 노면" "얼어붙은 노면"의 상태에 이른, 그러니까 '발생'된 "노면"일 뿐이다. 쓰러진다. 무엇이? 누가? "너희들"과 "노면"은 어떤 정지의 순간에, 기울어지면서 서로 가까워진다. "저쪽에서 한 남자가 노면을 쓸며 다가오는" 순간의 "노면"을 시인은 "쓸쓸한 노면"이라고 적는다. 이렇게 쓸어나가는 행위로 인해 "노면"이 모종의 스파크를 일으킬 때, 쓰는 주체과 쓸리는 대상은 서로 감정을 나누어 갖는다. 대상과 주체의 접촉을 통한 전이는 「투숙」이나 「조가비에 대고」 「오늘의 경기」 같은 작품에서도 비슷한 방식으로 실현된다. 눈[目]과 눈[雪], 무언가를 보는 눈과 하늘에서 내리는 눈은 "눈이 초점을 잃고 내리고 눈이 조금씩 더 어긋나게 내리"는 순간, 서로에게 침투한다. 서로가 서로에게 의지할 수밖에 없는 대상 – 주체("눈을 치울 때 눈이 우리를 바라본다.", 「투숙」)가 이렇게 탄생한다. 그것은 "너와 나의 불구의 접촉이 범람"하는 가운데, "정지하기를 주저하지 않"는 어느 순간의 '접촉'을 믿는 일("어느 날 밤 접촉을 믿었다.", 「조가비에 대고」)이자, "아무 방향으로"나 튀어 달아나는 말, "매번 다르게 나오는 말"의 정교한 배치를 통해, 대상의 잠재력을 실현하면서, "오늘의 관전 포인트"(「오늘의 경기」)를 생성해내는 일이다. 대상과 주체의 접촉 속에서, 크로노스의 시곗바늘은 순간과 스파크를 일으키며 허공에 매달린다. 말은 순간의 실현에 전념하며, 말의 배치에 따라, 대상과 주체는 서로 침투하는 순간의 사건처럼, 서로를 향해 통로를 내면서 발생의 상태에 진입한다. 이번 시집에서 이 순간들은, 자주 죽음의 연속으로 채워지며, 이 상태들은 정지와 상실 속에 박제되어 나타난다. 이 순간들, 대상과 주체의 침투 위로 물류창고가 솟아난다.

대상 – 주체 – 행위의 '마치 무엇처럼'

시집에는 열 편의 「물류창고」가 실려 있다. '물류창고'는 흔히, 상품을 보관하는 곳이며, 상품은 대부분 복제기술에 의해 생산된 '물건들'이며, 창고는 일반적으로, 물건을 넣거나 뺄 때 열린다. 「물류창고」에는 따로 번호가 매겨져 있지 않다. 원본이 무한히 복제될 수 있다는 생각조차 제거된 유일무이한 곳이라는 것일까? 물류창고는 복제된 곳이 아니라, 오히려 부정할 수 없는 단 하나의 원본, 단 하나의 세계, 단 하나의 장소, 그러니까 복제되어 원본의 마법적인 힘이 약화되거나 사라질 것이라는 생각조차 허용되지 않는 곳이다. 이곳에서 저곳으로 이동 중인 물건들을 잠시 보관하는 곳, 물건을 넣거나 뺄 때 열리는 유일한 장소 – 시간이자, 누군가가 오고 나가는 곳, 그러니까 무언가 일을 수행하는 주체가 방문하는 곳이자, 대상들이 이 누구나의 손길을 기다리며 보관되어 있는 곳이다. 이수명의 시집에서 물류창고는 자본주의를 상징하는 추상적 공간이라기보다, "아무런 기분이 들지 않"는 곳, 다만 "수시로 최근의 사실들이 모여"드는 곳이며, "조금 더 최근의 일이에요 말하는 사람을 거기서"(「최근에 나는」) 만나거나, 만날 것이라고 믿게 되는 곳이다.

> 우리는 물류창고에서 만났지
> 창고에서 일하는 사람처럼 차려입고
> 느리고 섞이지 않는 말들을 하느라
> 호흡을 다 써버렸지
>
> 물건들은 널리 알려졌지
> 판매는 끊임없이 증가했지
> 창고 안에서 우리들은 어떤 물건들이 있는지 알아보기 위해
> 한쪽 끝에서 다른 쪽 끝으로 갔다가 거기서
> 다시 다른 방향으로 갔다가
> 돌아오곤 했지 갔던 곳을

또 가기도 했어

무얼 끌어 내리려는 건 아니었어
그냥 담당자처럼 걸어 다녔지
바지 주머니엔 볼펜과 폰이 꽂혀 있었고
전화를 받느라 구석에 서 있곤 했는데
그런 땐 꼼짝할 수 없는 것처럼 보였지

물건의 전개는 여러 모로 훌륭했는데
물건은 많은 종류가 있고 집합되어 있고
물건 찾는 방법을 몰라
닥치는 대로 물건에 손대는 우리의 전진도 훌륭하고
물류창고에서는 누구나 훌륭해 보였는데

창고를 빠져나가기 전에 아무 이유 없이
갑자기 누군가 울기 시작한다
누군가 토하기 시작한다
누군가 서서
등을 두드리기 시작한다
누군가 제자리에서 왔다 갔다 하고

몇몇은 그러한 누군가들을 따라 하기 시작한다

대화는 건물 밖에서 해주시기 바랍니다

정숙이라 쓰여 있었고
그래도 한동안 우리는 웅성거렸는데
이쪽 끝에서 저쪽 끝까지 소란하기만 했는데

창고를 빠져나가기 전에 정숙을 떠올리고
누군가 입을 다물기 시작한다
누군가 그것을 따라 하기 시작한다
그리하여 조금씩 잠잠해지다가
더 계속 계속 잠잠해지다가
이윽고 우리는 어느 순간 완전히 잠잠해질 수 있었다
———「물류창고」(pp. 14~15) 전문

노동이 없는 세계를 상상하는 것도, 세계에 속하지
않는 노동을 상상하는 것도 가능하지 않다. 행위, 즉 노
동은 세계와 분리되지 않는다. 그러나 물류창고에는
'마치 무엇처럼', 그러니까 "창고에서 일하는 사람처
럼 차려입고" "담당자처럼 걸어 다"니고, "꼼짝할 수 없
는 것처럼 보"이는 존재들이 있을 뿐이다.[4] 이들은 이곳
에서 대관절 무엇을 하는가? 물류창고에 드나드는 사

---

4   강조는 인용자, 이하 동일.

124

람들은 노동을 수행하는 자들이 아니다. 노동의 주체가 아니라, 마치 주체인 것처럼, 마치 누구인 듯 존재하거나, 마치 무엇을 하는 듯 보일 뿐이다. "느리고 섞이지 않는 말들을 하느라" 자신의 숨을 죄다 소비하고, "한쪽 끝에서 다른 끝으로 갔다가 거기서/다시 다른 방향으로 갔다가/돌아오곤" 하는 존재들, 그렇게 "갔던 곳을/또 가기도" 하는 존재들은, 자기 행위를 완수하는 주체도 그 행위의 대상도 아니다. 주체와 대상의 구분은 이곳에서 경계를 허문다. 행위에 본격적으로 진입하지 않거나 그렇게 하지 못하면서도, '끝없는 끝에서*in fine sine fine*'[5] 오고 가기를 반복하거나, 그마저 왔다 갔다, 그저 따라 하는 주체가 있을 뿐이다. 그러면 또 그뿐, 새로운 사람들은 부재하며, 기다려보아도, 새로운 행위는 실행되지 않는다. "아무 이유 없이" 울고 토하는 존재들이 끊임없이 "제자리를 왔다 갔다 하고", 고작해야 몇몇이

---

5   아우구스티누스는 『신국론』 제22권의 마지막 제30장 「하느님의 나라에서 영원한 행복과 안식을」에서 각각의 시대와 날을 세고 시대구분을 할당한다. 아담에서 대홍수까지가 제1일, 아브라함의 출현까지 제2일, 아우구스티누스 자신이 살았던 시대는 제6일이며, 이후에 신은 안식에 들어가고 제7일의 시대가 도래한다. 제7일은 인간에게는 안식일이며 휴식은 끝나지 않는다. 자신의 위업을 성취한 신은 이후, '끝없는 끝에서' 영원한 안식의 제8일을 시작한다. 아우스티누스, 『신국론 II』, 추인해·추적현 옮김, 동서문화사, 2016, pp. 1278~82 참조. '끝없는 끝에서'라는 '노동'과 '일'의 조건과 세계화에 관해서는 Jacques Derrida, *L'Université sans condition*, Galilée, 2001, pp. 51~65 참조.

이들을 "따라 하기 시작"하며, 공간은 그러한 "누군가"나 "누군가"들로 다시 채워지고, 그렇게 소진되고 소진하는 주체와 대상이 있을 뿐이다. 아무리 "물건의 전개"가 "여러 모로 훌륭"하다 해도, "많은 종류가 있고 집합되어 있"다고 해도, 그 누구 하나 "물건 찾는 방법"을 모른다면, 이는 어찌 된 일인가. "닥치는 대로 물건에 손대는 우리의 전진"은, 진짜 훌륭한 게 아니라, 오로지 "훌륭해 보"일 뿐이라고 한다면, 이곳에서는 과연 어떤 사태들이 벌어지고 있는 것일까?

"만났지" "써버렸지" "알려졌지" "증가했지" "가기도 했어" "아니었어" "걸어 다녔지" "것처럼 보였지" "웅성거렸는데" "소란하기만 했는데"로 마감되는 결구들은 무언가 잘못되었거나 어딘가 이상하다는 감정을 심어놓는다. 고백적·독백적 구어口語이자 자기-지시적인 회화會話, 그러니까 주관성을 표출하는 '수행적performative' 발화의 표식이라 할 이 결구들은, 이수명의 시에서, 사실관계를 부정하거나 현실 비판의 고리를 고안한다기보다, 오히려 "무대 위에서 배우에 의해서, 혹은 시詩에서 소개되거나 독백의 형식"으로 말해질 때, "나름대로 독특한 방식으로 무효"[6]를 실행하는 발화에

---

6 J. L. 오스틴, 『말과 행위 — 오스틴의 언어철학, 의미론, 화용론』, 김영진 옮김, 서광사, 1992, p. 43.

가깝다고 보아야 할 것이다. 무효의 발화는, 주체 - 대상 - 행위가 시집 전반에서, 오로지 '~처럼'에 의해 표상되어 제시된다는 사실과도 밀접히 관련된다. 주체는 '마치 누구처럼' '마치 누군가인 것처럼'으로, 대상은 '~처럼' '마치 무엇처럼' '마치 무엇인 것처럼' '마치 무엇처럼 보이는'으로, 행위는 '마치 무언가를 하는 것처럼'으로 기술되며, 이는 이번 시집에서 목격되는 가장 중요한 특징 중 하나다.

    옷을 턴다. 항상 새것 같은 옷을 입는다. 항상 새것 같은 공기 아래 새것 같은 곰팡이가 피고
    새것 같은 눈물 천천히 눈에 고인다. 오늘은 상하지 않은 점심을 먹는다.

    [······]

    나는 어둠 속에 뚫린 커다란 구멍처럼 보인다.
                                    ──「항상 새것 같은」 부분

    멀리서 흘러와 서 있는 이상한 돌들처럼 우리는 여기 붙어 서서 꿈쩍도 하지 않을 거란 생각이 들었다.
                                    ──「휴가」 부분

그러나 주체 – 대상 – 행위와 결부된 '~처럼'은 무언가를 '투사하는 상상'(염원, 바람, 지향, 계획과 관련되거나 간혹 유토피아를 꿈꾸는 허구마저 표출하는 표현)이나 무언가를 '촉발할 가능성'(도래할 무엇을 예고하는 표현)을 견인하거나, 잠재적인 것을 해방의 길로 안내하는 가설적 비유나 실천적·공감적 행위의 장場을 구성하는 데 기여하지는 않는다. 오히려 시집 『물류창고』에서 '~처럼'은 자기 결정권을 갖거나 주권을 수행하는 것 자체가 불가능한 반복이나 흉내, 잠재성을 취소하는 불모의 상태, 행위 안으로 진입하지 못하는 주저나 결심의 공공연한 반복, 노동을 주체적으로 수행하지 못하는 수동성이나 일의 보람을 느끼거나 가치를 발견하지 못하는 익명성, 존재 이유의 근본적인 부재만을 확인하는 일련의 부정 등과 연관된다.

풀 뽑기를 했어요 모두 모여 수요일에 풀을 뽑았어요 목요일에 뽑은 적도 있어요 풀이 자라고 계속 자라서 우리도 계속 모이고 모였어요 풀이 으리으리해요 토마토밭에 들어갔다가 상추밭에 들어갔어요 풀을 뽑다가 토마토도 뽑고 상추도 뽑았어요 이게 무슨 풀이지? 물어도 아무도 몰라요 풀은 빙빙 돌고 풀은 무리 지어 부풀어 오르고 풀은 울음을 터뜨리고 풀은 서로를 뚫고 지나갔어요 풀은 텅 비어 있어요 풀은 반들반들 빛났고 더 이상 반짝거리

지 않았어요 풀에 가려 아무것도 보이지 않았어요 풀 속
에 숨어 아무도 보이지 않았어요 풀을 뽑다가 풀 아닌 것
을 뽑았어요 미나리도 뽑고 미나리아재비도 뽑았어요 풀
한 포기 없었어요 그래도 모두 모여 풀을 뽑았어요 우리
는 계속 풀 뽑을 사람을 찾았어요 풀이 으리으리해요

　　　　　　　　　　　　　　　　　—「풀 뽑기」 전문

　　주체와 대상은 서로 침투하는 데 그치는 것이 아니
라, 증식과 반복, 복제 속에서 '무효'의 지점에 당도한
다. 모인 사람들과 뽑히는 풀들, 까닭을 모르고 진행되
는 행위들, 이 셋은 "아무도 몰라요"를 기점으로, 서로
의 경계를 허물기 시작한다. '누가' '무엇을' '어떻게'
의 영역은 이제 더는 구분되지 않는다. "풀 한 포기 없
었어요"는 '~처럼'으로 대표되는 기계적 반복과 흉내
의 상실감이나 허무, 비극을 돌출시키는 것이 아니라,
주체–대상–행위를 모두 취하의 상태로 일시에 삼켜
버린다. 이 취하, 무효의 사태 속에서 '끝없는 끝'을 "왔
다 갔다" 하면서 "쓸모없는 일"(「물류창고」, p. 50)을 무
한히 반복하는 것("그래도 모두 모여 풀을 뽑았어요 우
리는 계속 풀 뽑을 사람을 찾았어요 풀이 으리으리해요"),
물류창고의 특성 중 하나가 여기에 있다.

연극을 했습니까? 무대가 펼쳐졌습니까?

주체 – 대상 – 행위의 취하와 무효의 사태 속에서 '끝 없는 끝'이 펼쳐지는 곳, 반복과 왕복, 흉내 내기 등이 우리가 물류창고에 대해 알 수 있는 거의 전부라고 할 수 있을지도 모른다. "처음 보았는데 어디서나 볼 수 있는 흔한 창고"라고 한다면, 기실, 물류창고는 어디에나 있는 창고이면서, 한 번 이상 보았음에도 불구하고 그 개별성을 인지할 수 없는 창고이며, 따라서 최초이자 마지막인 장소, 즉 존재의 편재(어디에나 있어 오히려 인식되지 못하는 곳)나 비존재의 부재(없는 것 자체를 상정할 수 없는 곳)로만 표상되는 창고라고 해야 한다. "창고지기가 없어"(「물류창고」, p. 18) 어느 물건들이 언제 입고되고 출하되었는지, 누군가에게 물어볼 수조차 없다는 사실이 창고의 편재와 부재를 뒷받침해준다. 그럼, 이곳에 모인 사람들은 무엇을 하는가?

우리가 모두 모였을 때 우선 사진을 찍었다.
벌써 삐뚤삐뚤 줄들을 섰다.
혼자서도 찍고
단체 사진도 찍었다.
우리는 잠시 앞을 실천했다.
자 다시 한번 앞을 보세요

처음 들었는데 어디선가 들은 음성이었다.

다시 앞을 향했을 때 앞은 사라지고 없었다.

기념사진을 찍는 동안에는 몇 사람이 잠들었다.

이제 무얼 하면 좋을까

—「물류창고」(pp. 18~19) 부분

그는 묻는다 여기서 뭘 하려던 거지

나는 말한다 글쎄 모르겠어

그는 묻는다 뭘 모르는 거지

나는 말한다 창고 안을 돌아다니면

뭘 하려 했는지 자꾸 잊어버려

저쪽으로 갔다가 글쎄 모르겠어 그냥 돌아오게 돼

—「물류창고」(pp. 32~33) 부분

행위 대부분은 부조리극을 보는 것과도 같은 인상을 주기에 충분한 장면과 장면들로 채워진다. 행위는 시작도, 끝도 없다. 어디로 갈지, 무엇을 해야 할지조차 모르면서, "물류창고"에 모인 우리들은, 그러나 어디론가 가고, 다시 돌아오며, 또 무언가를 한다. 중간중간 배치된 방백이나 독백은 '할 수 없음'이나 '알 수 없음'을 웅얼거리듯 녹여내면서, 전반적으로 물류창고에서 주고받는 대화가 어딘가 잘못되었다는 사실을 암시한다. 가령 "창고지기가 없어 이 건물은 언제 들어섰나요"와 같은 대화는 특이점을 산출한다. 우선 두 부분을 나누어 읽어보자. "창고지기가 없어"가 연극에서 흔히 목격되는 자족적 방백에 해당된다고 한다면, "이 건물은 언제 들어섰나요"는 누군가에게 건네는 누군가가 던지는 물음 형식의 대화라 할 수 있다. 이질적이라고 할 수밖에 없는 이 두 대목을 한 개의 시구로 붙여놓자, 무슨 일이 발생하는가? 발신자와 수신자가 주고받는 대화는 기대할 수 없다. 오히려 이 방백 – 대화는 허공으로 방전된 구어, 그러니까 고통이 제거된 신음처럼, 무효를 반복하는 데 소용될 뿐인, 그러니까 목적도 이유도 내용도 없는 비소통의 몸짓에 가깝다. 이와 같은 발화는, 끝없는 반복만이 가능한 곳에 만나자고 한 누군가와, 그렇게 해서 모인 또 다른 누군가 사이에서 일어나는 '소통'이 물류창고에서 어떤 방식으로 전개되는지를 단적으로 알려준다. 이 누군가인 존재들, 그러니까 불특정 다수는 노동의 공간, 일의 장소인 물류창고에 모여 오히려 사진을 찍는다. 그런데 그마저, 누가 찍는지, 어떤 물건들을 찍는지, 어디를 배경으로 삼는지, 명확하지 않은 상태이다. 이들은 오로지 "앞을 실천"하는 일에 몰두한다. 그런데 "앞"은 또 어디인가? "앞"을 '실천한다'는 것은 무엇을 의미하는가? 이 "앞"은 늘 다른 "앞"이다. 늘 다른 "앞"은 또 어디인가? "다시 앞을 향했을 때" 사라지고 없는 "앞"은 그렇다면 또 어디인가? 카메라 초점은 흩어진 상태거나, 아예 초점 자체가 존재하지 않거나 초점을 맞출 수도 없는 상태일 수 있다. 대화도, 제안도, 질문도 이와 비슷한 상태에서 전개된다. "이제 무얼 하면 좋을까"라는 제안, 혹은 물음은, 누군가를 향한 발화임에도 대답을 청해 들으려는 목적을 갖는 것은 아니며, 바로 이러한 까닭에 오히려 독백이나 방백에 가깝다. 그러니까 "이제 무얼 하면 좋을까"는 "저쪽으로 갔다가" "그냥 돌아오"는 것, 사각의 공간 저 끝에서 끝으로, 물건들 사이로, 혹은 사람들 사이를 왔다 갔다, 반복하는 일 외에 할 일이 더는 없다는 사실을 한 번 더 확인하는 데 바쳐진, 언술 속에서 오로지 무효를 '수행하는' 발화인 것이다. "창고가 폭발하기까지는 아직 약간의 시간이 남아 있었"음에도 불구하고, "밖으로 나가려는 사람은 없었다"면 이는 또 어찌 된 일인가? 나갈 수 없다는 것인가? 나가려고 하지 않는 것인가? "창고 안을 돌아다니면/뭘 하려 했는지 자꾸 잊어버"리기 때문인가? '나가지 않음'과 '나갈 수 없음' 사이를 왕복하며, 신비한 것도, 새로운 것도, 가치 있는 일도 발견할 수 없는 곳에서, 과연 무엇을 할 수 있는가?

에스트라공 (다시 단념하며): "아무것도 할 게 없군."[7]

7 Samuel Beckett, *En attendant Godot*, Les Éditions de Minuit,

'할 것이 아무것도 없다'는 물류창고의 테제는 '아무 것도 하지 않는다'는 것을 의미하지 않는다. 물류창고에서 무언가를 구체적으로 수행하는 사람들은, 완벽하게 무효를 경험하는 주체일 뿐이다. 모든 것은 '~처럼'의 실현에 바쳐진 의사疑似 행위이자 이 의사 행위의 반복으로 실현될 뿐인, 행위인 것이다. 그러니까 가상과 가짜의 회전문 속에 갇혀 무한히 반복되는 이 행위는, 행위의 주체 스스로조차 행위 자체를 망각하거나 관심을 두지 않기에, 주체와 대상이 존재하지만, 행위 자체가 실제로 일어났는지 그 여부조차 확인이 가능하지 않은 비非-행위이자 무無-행위로 영원히 남겨진다.

1952, p. 9. "아무것도 할 게 없군"은 「고도를 기다리며」의 막이 열리자마자 듣게 될 첫 독백-대사이자 막을 내릴 때까지 반복되어 출현하는 대화-방백이다. 블라디미르Vladimir의 절반쯤 깨어 있는 가사 상태, 에스트라공Estragon의 좀처럼 채워질 줄 모르는 수면 욕구, 럭키Lucky의 거의 완벽에 가깝다고 할 무의식적 발화나 행동, 장님이 되어 돌아온 포조Pozzo의 망각 상태는 계몽주의와 과학적 실증주의에서 시작하여 아우슈비츠의 폐허로 끝이 난, 서구 이성주의의 결과를 함축하고 있다. 행위의 일관성이나 인과관계의 파괴, 지루하게 반복되는 소모적 대화, 불필요한 왕복 행위나 제자리를 한없이 맴도는 행위 등은 이성적 행위의 전면적 부정을 의미한다. 서구 이성 중심주의 문명에 대한 거의 완벽에 가까운 이러한 부정은 역설적으로 지식·인간·사회·문명이, 역사적으로, 인간의 행복, 세계의 진보와 발전 등을 위해 그간 아무 일도 하지 않았다고 신랄하게 고발하는 게 아니라, 차라리 인간, 휴머니티, 진보와 발전, 과학이라는 이름으로, 서구 사회가 너무나도 많은 일을 벌였으며, 지나치고도 과도하게 감행했다는 사실을 역설적으로 고발하는 데 바쳐진다.

너는 탁구를 하기로 결심한다.

[……]

너는 번호를 달고 탁구를 하기로 결심한다.

[……]

너는 불빛 속에서 탁구를 하기로 결심한다.
연습을 많이 하기로 결심한다.

[……]

지금 너는 탁구를 하는 것으로 보인다.

[……]

통통통통 다시는 멈추지 않고 너는 탁구를 하기로 결
심한다.

— 「편의점」 부분

다른 곳으로 가야 할 것 같다.

이 페이지를 표시할 수 없습니다

앞으로 페이지를 넘기면 다음 페이지를 참고하라는 말
만 나온다.

─「흥미로운 일」부분

「편의점」에서 "너"의 행위를 한번 살펴보자. "탁구"
는 오로지 결심의 산물이며, 결심의 반복 속에서, '언젠
가 할 수 있는 행위'로 무한히 지연될 뿐이다. "탁구"는
"하는 것으로 보인다"라는 행위의 대상으로 시에서 무
한히 연기된다. 아무리 기다려도 '고도Godot'가 끝내 오
지 않는 것처럼, 마지막까지 '탁구를 치는 행위'는 실제
로 발생하지 않는다. 어느 페이지를 읽고 있는지 어느
페이지인지 사실 확인은 가능하지 않다. '참고'할 여타
의 페이지만이 존재할 뿐, 정작 "이 페이지"는 부재하는
것이다. 대상-주체-행위가 '무효'로 수렴되는 영원한
반복의 틀에 갇혀 있기 때문이다. 물류창고라는, 그러니
까 한계는 있지만 끝은 없는 세계, 제로로 수렴되지만
그럼에도 크기를 갖는 이곳은, 오로지 무효를 생산하는
반복적 행위가 지속적으로 펼쳐지며, 행위를 무한히 연
장하는 공간이다. 이는 흔히 모사나 흉내를 통한 가상
의 현실을 의미하는 시뮬라크르의 세계와는 근본적으
로 다르다. 이곳에서는 가상의 재현이 아니라, 행위를
지연시키는 일종의 연극이나 비-행위를 실천하는 일종

의 '마임'과도 같은 행위, 의미를 부여할 수 없는 반복
적 몸짓만이 펼쳐질 뿐이기 때문이다.

　　오늘이 마지막입니다
　　오늘이 다예요 창고 완전 개방입니다
　　외치는 소리 시끄러웠을 일주일은 아마 지나갔고
　　지금은 캠프를 신청한 사람들이 군데군데 모여 있었다.

　　명상을 신청한 사람들은 명상을 하고 그 옆에
　　요가를 하는 사람들이 벌써 몸을 둥글게 말고 있었다.
　　우리는 무얼 할지 몰라 둘러보다가 궁예보다는
　　연극이 쉬울 것 같아 즉석에서
　　연극을 신청했는데
　　한 팀밖에 구성할 수 없다 하여 경훈과 성미가
　　다른 그룹의 처음 보는 사람들과 함께하기로 했다.
　　경훈이 먼저 무대에 올라
　　늦어서 미안하다고 했다. 캠프 시작에 늦지 않으려 했
는데 오는
　　길이 막혔고 그런데 자신은 여기에 왜 오는지 모르며
그냥
　　이끌려 왔는데 뭘 또 하라고 하니 우선 늦어서 미안하
다는 거였다.
　　[……]

다가가 오늘은 몹시 더운 날이라 했다. 더러운 날이라
했다.

　그리고 또 늦어서 미안하다 했다. 한 번 더 미안하다고
했다.

　[……]

　그들은 아주

커다랗게 보였다.

—「물류창고」(pp. 22~24) 부분

　물류창고에 사람들이 모여서 연극을 신청했다. 여기
까지다. 시는 가정假定의 조건과 이에 대한 귀결을 나타
내는 '하려 했는데'("신청했는데" "함께하기로 했다" "늦
지 않으려 했는데" "이끌려 왔는데")를 고지할 뿐, 실제
로 했다는 사실은 부재한다. 오히려 실현되지 못했다는
사실, 즉 '~하려 했는데, 결국 하지 못했다'는 식의 귀
결이 희미하다고는 할 수 없는 정도로 암시될 뿐이다.
문제는 시의 결구 "그들은 아주/커다랗게 보였다"가 물
류창고에서 연극 무대와 같이 펼쳐진 장면을 누군가 보
고 있다는 사실을 전제한다는 데 있다. 시가 마감되고,
옆면에 바로 이어지는 시 「이렇게」는 마치 "이렇게" 연
극을 하고 있다, 그러니까 물류창고에서 일어난 일들,
그들이 하기로 한 연극이 직접 무대 위에서 펼쳐진다는
사실을 수식하며, 나아가 내가 그 장면을 직접 볼 것이

라고 예고한다. 이제 나는 극장 안에 있다. "머리통들이 횡으로 종으로 늘어서" 있는 "극장 안"에 나는 앉아 있다. 과연 무대가 펼쳐졌다(펼쳐졌을 것이다). 나는 보고 있는 것이다(보고 있을 것이다). 물류창고에서 펼쳐지고 있는(펼쳐졌을 거라 여겨지는) 연기의 장면을, 내가 직접 두 눈으로 구경하려 하는 참이다. 그런데 예상대로 되지 않는다. 내 앞에 "누군가의 머리통이 커다란 머리통이 있고 그 머리통 앞에는 또 다른 머리통이 있"기 때문이다. 극장의 객석에 앉아 물류창고에서 "먼저 무대"에 오른 "경훈"을 찾아보아도, 나는 그 모습을 볼 수 없다. 기껏해야, "내가 너를 얼핏 볼 수 있는 것은 머리통들의 각도에 달려 있다"는 사실을 확인할 뿐이며, 그렇게 나는 "머리통들의 각도가 미세하게 열릴 때 네가 찰나 보이는 것 같다"고, 불가능성을 시사하는 말을 뱉는 것으로 보는 행위를 대신할 뿐이다. 그렇다면, 과연 "물류창고"에서 '연극'은 일어나기나 한 것일까? 무대는 과연 펼쳐지기나 한 것일까?

P는 M을 따라다닌다
오늘 P는 M과 같은 조이다
어제는 N과 같은 조였다.
전에도 M과 같은 조였던 적이 있다.
언제였는지 생각나지 않는다.

P는 M을 따라 이동하고

M을 따라 기분이 좋아진다.

[……]

P는 M을 따라 확인란에 이상 없음이라고 사인한다.

P는 자신의 글씨체를 좋아하지 않는다.

[……]

PM 6:00

P는 물류창고 한가운데 서 있다.

새로운 물류를 맞이하려고 두 팔을 벌린다.

그러나 잠시 후

밖에서 누가 부른다.

P는 대답하지 않고 그 음성을 향해 간다.

바닥에 쓸려 다니는 먼지를 따라간다.

　　　　　　　　　　　—「물류창고」(pp. 44~45) 부분

　모르는 사람들이 거기에 서 있다. 거기서 다시 만날 약
속을 하고 있다.

　모르는 사람들이 무슨 일인지

　계속된다. 언제 꺼냈는지

　검은 그림자를 이리저리 끌고 다니며

　　　　　　　　　　　　—「물류창고」(p. 36) 부분

　살아 있을 때에는 누가 누구인지 모르게

몰려나오는 똑같은 사람들을 세워놓고

어제 산 방탄조끼를 오늘 새로 나온 방탄조끼와 바꿀
수 있는지

아무 생각 없이 이야기를 나누었다.

새로 나온 대화체를 참조했다.

내일 또 만나자고 했다.

그런데 집이 어디예요?

지나가는 말로 물어보았다.

　　　　　　　　　　　　　──「물류창고」(pp. 40~41) 부분

　갈라진 콘크리트 바닥 틈으로 전파가 퍼져나가고 그는
끊어졌다 이어졌다 하는 전파에서 무엇을 찾아내야 하는
지 잊어버린 채 목장갑을 끼고 왔다 갔다 할 것이다. 자신
이 왜 그렇게 흰 목장갑을 끼고 있는지 몰라 장갑 낀 손을
내려다볼 것이다. 장갑을 벗어 탁탁 털고 있는 그는

　　　　　　　　　　　　　　──「물류창고」(p. 50) 부분

　시에서 대화는 반복되지만 항상 지연되거나("그런 건
내일 또 이야기하자고 했다") 발신자와 수신자 사이 소
통─교감─이해─전달("아무 생각 없이 이야기를 나누
었다")의 체계는 해체되어버린다. 상품은 더 이상, 구매
의 욕망에 따른 '선호preference'의 대상이 아니며, '제품
product'은 교환의 가치나 효용을 지니지 못하고, 주체

는 무엇을 행하지 못하는 불능의 상태에 머문다. 오늘
의 대상 – 물건 – 상품은 어제와 같은 대상 – 물건 – 상
품으로 교체되면 그뿐, 교환이 일어나는 장소에서 사용
의 가치도 효용성utility도 발견하지 못한다. 모든 일체의
행위는 지켜지지 않거나 지켜지지 않아도 크게 낙담하
지 않을 상태에서 반복의 굴레에 갇히고, 약속이나, 실
현은 예고되지만 결코 실현되지 않을 예정의 상태에 붙
들릴 뿐, 모든 사실적 관계는 확인되지 않고, 약속과 기
대는 유보되거나 망각의 상태를 환기할 뿐이다. 주체 –
대상 – 행위의 새로움은 제거되고, 주체 – 대상 – 행위
의 활동성은 부재의 자리를 타진하거나, 무효로 귀결되
어 나타난다. 그저 "누가 누구인지 모르게/몰려나오는
똑같은 사람들을 세워놓고" 그저 "아무 생각 없이 이야
기를 나누었"을 뿐이다. "빈 병들을 벽에 높이 쌓아 올
렸다가 다시 내"리는 일이 반복되고 "병으로 뭘 하려던
건지 모르는 채 굴러다니는"(「물류창고」, p. 33) 사람들
이 까닭을 모른 채, 왔다 갔다 하고, 먼지 같은 존재들이
물류창고에서 '노동'을 한다. M을 따라다니는 P는 정작
M이 누군지 알지 못한다. "언제였는지 생각나지" 않을
뿐만 아니라, 누군지 궁금해하지도 않으며, 정체를 알
수도 없다. 오전과 오후, P와 M은 '함께' 일을 하며 같
은 조에 속한 적이 있었지만, 그 사실은 중요하지 않을
뿐만 아니라, 사실조차 서로 인지하지 못한다. 먼지 같

은 존재들이 그럼에도 물건의 '교환'을 이야기하고 "오늘의 새로운 사실들을 덧붙"이거나 하면서, 물류창고라는 노동의 현장에서 노동하며, 물건 – 제품 – 상품에 "이상 없음"을 선고한다. "이렇게 해볼까 다르게 해볼까 하다가/결국 어제와 비슷한 필체로 휘갈"기는 것이 전부일 뿐, 생산성의 극대화를 끌어내는 효율적 분배나 조직 내에서 체계적으로 진행시키는 분업은 존재하지 않는다. "무엇을 찾아내야 하는지 잊어버린 채 목장갑을 끼고 왔다 갔다"하는 사람, 그는 정작 "자신이 왜 그렇게 흰 목장갑을 끼고 있는지 몰라" 두 손을 물끄러미 바라보는 존재일 뿐이다. 물론 생산성의 극대화를 통한 잉여가치의 창출을 위한 상품의 교환도 이루어지지 않는다. 갑자기 튀어나온 "그런데 집이 어디예요?"라는 물음 앞에 직면하는 것이 고작이다. 아마 이 물음을 듣고, 반응하려 모두 돌아본다 해도, 그러한 몸짓만 존재할 뿐, 아무도 대답하지 않을 것이며, 물음에는 관심조차 두지 않을 것이다. 모두, 연극 아닌 연극, 행위 아닌 행위를 하고 있으며, 그렇게 무언가를 한다고 그저 믿고 있을 뿐이기 때문이다. 그렇다면 물류창고에서 우리는 차라리 꿈을 꾸고 있는 것은 아닌가?

잠입니까? 꿈입니까? 깨어났습니까?

『물류창고』 전반에서 '나'는 '여전히 – 아직도' 잠에
서 깨어나지 않는 상태에서 그려진다. 뭔가가 무너지고
있다. 뭔가가 무너져버렸다. 이 세계에서 '나'는 지속되
고 있다는 느낌을 더는 받지 못한다. 그렇게 보였던, 그
렇게 보이는, 그럴 것이라고 여겨졌던, 이 세계에 속해
있을 것이라는 믿음, 그곳에 몸을 담고 있다는 느낌이
뭉텅뭉텅 내 몸에서 빠져나가버렸다고 해야 할지도 모
른다.

　아침에 눈을 떴을 때 몸이 얼어붙어 있었다. 충분히 잠
들지 못한 탓이야, 어제 저녁을 먹으러 나가지 않았을 뿐
이니 아무 문제도 없을 거야,
　한 시간 뒤에 다시 눈을 떴을 때 몸에서 나갈 수 없는
것을 느꼈다. 아직 잠에서 깨어나지 않은 거야, 아래층
사람들과 위층 사람들을 꿈에서 보았다. 그들은 너무 늦
었다고 빨리 잠자리에 들어야 한다고 했다. 당신들은 언
제 내 꿈에 들어왔나요 물었는데 담배를 빨리 끄라고 했
다. 연기를 따라가고 있었을 뿐이니 아무 문제도 없을 거
야,
　요 며칠 나도 모르게 불시에 잠들곤 했다. 요 며칠 하루
에 한 번씩 깨는 것이 번거로워서 이틀이나 사흘째 잠들

어 있기도 했다. 그러다가 삼십 분마다 자동적으로 깨기도 했다. 요 며칠 몸을 떠나 어디서나 잠들곤 했다. 잠은 절벽에 매달리거나 쓰레기통 속에 숨어 있거나 나의 맥박을 훔치고 거리에 쓰러져 있었다. 그럴 때 잠은 멀리서 와 몸에 닿았다. 잠은 손이나 눈에 발에 닿았을 뿐이니 <u>아무 문제도 없을 거야,</u>

—「저속한 잠」 부분

누가 말을 하는가? 누군가와 나누는 대화가 중간중간 섞이고, 문장의 배치는 논리적 연결 고리를 풀어 헤친 상태에서 이상한 리듬을 시 전반에 주조해낸다. 어딘가에 갇혀 있는 자의 생존기와도 다소 닮아 있는 이 작품은 묻는 사람, 달래는 사람, 대답하는 사람, 사실을 기록하는 사람의 목소리를 '나'의 발화로 구성해낸다. '구어적' 의존명사('~거야')로 마감되는 문장들은 전망이나 추측, 주관적 소신 따위를 담고 있는 것으로 보인다. 이처럼 "아무 문제도 없을 거야"라고 시 중간중간에 자신을 거듭 달래는 목소리를 들어도, 그러나 정작 문제가 있는지 없는지 사실 여부는 확신되지 않는다. 잠들다 깨고, 깨어난 다음, 다시 잠에 빠지고, "몸을 떠나 어디서나 잠들곤" 하는 상태가 이어진다. 몸에서 떠나려다 다시 되돌아오는 의식, 정신은 깨었는데 몸은, 이미 깬 나를 허용하지 않는 듯 몽롱하고도 기이한 상태에 사로잡힌다. 잠이 들락 말락 하거나, 잠이 깰락 말락 한 상태에서 흘러나오는 목소리는 그러나 모두 하나의 주체, 즉 '나'에게서 나온, 서로 다르면서도 결국에는 같은 목소리다. 굵은 표시의 문장들은 언술 전반에 감정을 각인하는 독백이며, 텍스트의 배치에 힘입어 주관성을 빚어내는 '정동'의 표식들이다. 하나같이 쉼표로 마감되어, 호흡을 가쁘게 이끌고 가면서, 멈추지 않는 순간들과 마감하지 않는 연속성의 공간을 시에 열어보인다. 눈여겨봐야 하는 것은 "아무 문제도 없을 거야" 앞에 각각 "어제 저녁을 먹으러 나가지 않았을 뿐이니" "연기를 따라가고 있었을 뿐이니" "잠은 손이나 눈에 발에 닿았을 뿐이니"가 붙어 있다는 사실이며, 중요한 것은 행위의 부정(나가지 않음), 흉내(따라감), 신체 일부의 접촉이 원인으로 제공된 이 양보형 조건절이 '문제가 발생하지 않을' 가능성을 예고하거나 긍정의 손을 들어주는 것이 아니라, 오히려 꿈과 현실의 구분 자체를 무효화한다는 점이다. 『물류창고』는 그 '자체로' "잠속으로 나를 돌려보내거나 나를 제외하고 우리를 돌려보내거나 우리를 제외하고 나를 꺼내놓거나 잠 속으로 잠을 돌려보내거나"(「우리를 제외하고」)하는 행위의 반복이자 "이어지는 것처럼 보이는 꿈"과 "계속되는 것처럼 보이는 꿈"(「원주율」)의 교차되는 변주이며, 깨어 있음에도 깨어 있음을 지각할 수 없는 사태("나는 벌써 깨

어 있었는데 내가 깨어 있는 것을 잘 몰랐다.", 「통영」)의
연속이다. 주체 – 대상 – 행위는 시에서, 시집에서 잠에
빠져 있다.

> 다시 일어날 수 없을 거야 이미 깨어 있어서
> 언제나 깨어 있어서
> 다시는 깨어나지 못해 아무도 나를 깨우지 못해
>
> [……]
>
> 이윽고 환해서 아주 많이 환해져서 우리가 하는 말은
> 모두 틀려버릴 거야
>
> 그러나 아침이 오면
> 나는 아직 눈을 뜨고 있는 것 같다
>
> ——「물류창고」(pp. 28~29) 부분

"잠은 엉터리여서" "어둠 속에서는 눈을 감을 수 없"
다고 말한다. "어둠이 보고 있을 때는/잠을 이룰 수 없"
는 상태라고 한다면, 우리는 도시 한복판, 그러니까 밤
인데도 환하게 사무실을 밝히고 있는 저 눈부신 형광등
아래, 거리나 복도의 저 꺼질 줄 모르는 조명등 아래서,
잠시 졸 뿐, 잠을 청할 수도 잠이 오지도 않는 상황을

떠올릴 수도 있다. 잠은 그렇게 저 멀리 어딘가에서, 우리에게 간혹 "잘 있습니다"라는 메시지를 보내올 뿐, 현실에서 추방의 기로 위에 서 있으며, 그럴 태세만을 갖추고서 육체에 고여 있다.

이렇게 『물류창고』에서 우리는 눈을 뜬 채로 잠을 자고 있거나, 눈을 감은 채 깨어 있다. 모든 풍경들, 모든 사람들, 모든 대상들은 이와 같은 부조리한 상황에 놓여 있는 것처럼 보인다. 그러나 '이미 깨어 있어서 다시 일어날 수 없다'나 '언제나 깨어 있는데 다시는 깨어나지 못한다'는 식의 구성에서 발생하는 '부조리성'을 모순어법의 산물로 해석하면 곤란하다. 가령, 우리는 이런 물음 앞에 봉착하게 된다. "언제나 깨어 있어서"는 앞 행과 뒤 행 중 어느 행과 연결되는가? 선뜻 대답할 수 없다. 그러나 이것이 우리가 결정할 수 없는 전부는 아니다. "언제나 깨어 있어서"는 바로 앞 행 "이미 깨어 있어서"의 부연이자 강조로도 읽힐 수도 있으며, 이와 동시에, 다음 행 "다시는 깨어나지 못해"의 원인으로도 작용하기 때문이다. 이 밖에도 행갈이가 고유한 시적 단위를 만들어낸다는 사실을 염두에 둔다면, "언제나 깨어 있어서"는 자체로, 독립된 단위를 형성할 수도 있다. '결정 불가능성undecidability'을 수행하는 이러한 구문은 언술discours 전체, 즉 구성을 바라볼 수밖에 없게 만든다. 그러니까 세 가지 가능성 모두를 염두에 두

고서 시를 읽을 때, 우리는 특수한 배치나 기술이, 그 자체로, 물류창고의 속성과 연관되어 있다는 사실을 알게 되는 것이다. 마찬가지로 우리가 인용한 시의 마지막 두 문장 역시 두 가지 이상의 독서를 노정한다. "그러나 아침이 오면"과 "나는 아직 눈을 뜨고 있는 것 같다"는 서로 불안정한 상태로 '이접(離接, disjunction)'되었을 뿐이다.

『물류창고』는 '결정 불가능성'을 수행하는 문장들로 가득하다. 이수명의 시에서 '결정 불가능성'은 '모순어법'이라는 착각을 불러낸다. 두 가지 이상의 해석 가능성 가운데, 하나를 '선택'하여 임의로 의미의 복수성을 해소하면 중의성은 즉각 취소되어버린다. 이수명의 시에서 이와 같은 문장들은 구체적인 행위를 설명하는 지시적 기능에 국한되는 것이 아니라, 항상 제 앞뒤에 배치된 또 다른 문장과 더불어 파악되어야 할 운명을 지닌, 독특하고 새로움을 창조하는 특수성을 실천한다. 이수명의 시는 지속적인 붕괴와 합성을 반복해서 수행하는 '결정 불가능성'의 회전목마와 같다. 그는 새로운 길을 열어 보이기 전에, 저 낯선 곳으로 향할 문門이 생겨나도록 접촉하는 문文을 배치하고 조합하여 '언술' 차원에서 시를 읽어야 하는 상황으로 우리를 이끈다. "이윽고 환해서 아주 많이 환해져서 우리가 하는 말은 모두 틀려버릴 거야"처럼 『물류창고』는 통사의 잠재력과 결정 불가능성을 최대한 끌어낸 이접의 표현들로 주체 – 대상 – 행위의 무효를 생성해내는 지점들로 가득하다.

나는 언제나 같은 꿈을 꾸어요
차를 타고 지나가고 있고요
붉은 컨테이너로 지어진 물류창고를 보아요

그것은 도시 곳곳에 솟아 있어요
뜨거운 태양이 하루 종일 걸려 있어도
녹지 않아요 녹슬지 않아요
뜨거운 태양이 이지러져도

도무지 움직이지 않아요
창고 옆에 한 사람이 서 있어요
그는 창고 위에도 있어요
창고 밖에 서서 창고 안에 있는 어떤 사람과 이야기해요
창고에서 창고로 그는 건너뛰어 다녀요
아무것도 흐트러뜨리지 않고
창고를 떠나 창고로 다시 돌아오는 즐거운 작업
내가 그를 향해 손을 흔들면
창고 안에서 사람들이 일제히 같은 잠에 들어요

창고에서 다음 창고로 최선을 다하는 그들의 명랑한
명상
　　붉은 컨테이너 물류창고는 여름 내내
　　녹지 않아요 녹슬지 않아요
—「물류창고」(p. 26) 전문

　　"살아 있는 것은 단지 시체밖에 없는 사람들"이 "아
무 표시도 없는 무덤"(「흥미로운 일」)으로 향하는 순간
과 순간들, 시간은 사라지고 공간은 소멸되며, 오로지
"붉은 컨테이너로 지어진 물류창고"로, "창고에서 다음
창고로 최선을 다"해 들고 나기를 반복할 뿐이다. 소통
은 가능하지 않으며 대화는 헛돌고, 주체 – 대상 – 행위
가 이 세계에서 타진하는 '의미'와 '가치'는 서서히 해
체된다. "내가 그를 향해 손을 흔들면" "창고 안에서 사
람들은 일제히 같은 잠"에 빠진다.

　　오늘을 벌써 잃어서
　　아무 일도 없어요
　　계속 오늘을 잃는다.
—「밤이 날마다 찾아와」 부분

　　가능성의 유무가 아니다. 소통은 없다. 이해도 없다.
"우리 스스로 어딘가로 계속 밀어붙이는 것 같"(「신분

당선」)은 이 세계에서, "아무 일도 없"는 이 세계에서, 저 창고의 밖, 저 위와 옆과 아래에서 있는 자들은 날마다 "계속 오늘을 잃는다".

이수명의 시집 『물류창고』는 충격적이다.

충격은, 그러나 대상의 발생을 고지하는 첨예한 사태를 빚어내는 말의 운동이 정지되었다거나, 촘촘하게 얽혀 서로를 덧대며 빛나던 저 명확한 문장들이 홀연 자취를 감추었다는 것을 의미하지는 않는다. 상황은 오히려 반대일 수 있다. 살아가고 있다는 사실이 기적과 같이 느껴지는, 무한 반복의 공간, 지루한 반복 속에서 무능과 불능을 독특하고 특수한 언어 안에서, 언어에 의해, 한 번 더 확인하면서, 시는 어디론가 이행하며, 새로운 문을 연다. 죽음을 입고 사는 존재들의 '나아갈 수 없음'과 '할 수 없음'을, 주체 – 대상 – 행위의 무효를 무한히 방출하는 고유한 문장들로, 소리 없는 아우성으로, 그는 '오늘'을 활활 태운다. 그렇게 끊이지 않는 문問이 문文 사이로 열린다.

세계와 노동은 공존할 수 있을까? 세계와 노동은 둘 중 하나를 선택해야 하는 국면에 봉착했는가? 과학과 기술의 발전으로 인한 기계의 첨단화, 노동 장소의 비장소화, 컨베이어 시스템 등, 가속되는 세계화의 물결 속에서, 고된 수고와 고통을 덜어내고 시간을 휘발시킬 수 있다며 누군가 '노동의 종언'을 예고한다. 장밋빛 길이 열린다. 효율적·합리적·이성적·위생적이며 다정다감하기조차 한 이 길 위에서 우리는 번갈아 가발을 바꿔 쓰고 거울에 제 모습을 비춰 보거나, 노트를 새 노트로 바꾸거나, 공기청정기를 교환하거나, 그런 모습을 보면서, 총을 겨누는 것처럼 손쉬운 박수를 친다. 이야기를 나누고, 이야기를 나누었다는 사실을 잊으며, 멀리서 들려오는 소문을 주워다가 오늘의 화제로 삼고, 이를 서로 나누었다는 착각 속에서 낄낄거리고, 낄낄거린 사실조차 기억하지 못한다. 누구도 쉬이 잠들지 못하고 누구도 손쉽게 깨어나지 못한다. 컨테이너에 갇혀 무언가를 하고 있다는 사실만을 확인하려 들며, 그랬을 것이라는 믿음 속에서 확인하고, 다시, 그랬을 거라고 믿는다. 아니, 그조차, 그저 그렇게 보일 뿐이다. 세계화에 편입되지 못하는 노동이나 일은 고스란히 '세 개의 봉棒으로 찌르는 고문 도구tripalium'[8]의 대상으로 남겨

---

8   프랑스어의 '일하다'는 동사 'travailler'의 어원은 '괴롭히
     다, 고통을 주다, 고문하다'를 뜻하는 'tripaliare'이며 명사형
     'tripalium'은 '세 개의 봉으로 찌르는 고문 도구'라는 의미를 지
     닌다. 영어의 'work(노동, 일, 작품)'나 'labor(뼈를 깎는 노동)',
     독일어의 'werk(일, 작업, 작품)' 'arbeit(일반적인 노동, 일)' 등,
     어느 쪽이나 '노동-일'을 의미하지만, 노동의 성과에 역점을
     두는지, 정신적·육체적 고통이 따르는 행위를 강조하는지에 따
     라 의미가 다소 달라진다. Oscar Bloch · Walther von Wartburg,
     Dictionnaire étymologique de la langue française, P.U.F., 2008, p.

질 뿐이며, 여전히, 아니 오히려, 주체 – 대상 – 행위의 '무효'가 빚어낸 정점에 매달려 소리 없는 비명을 지르며, 위태롭게 대롱거리고 있는 것은 아닌가? 물류창고의 주체 – 대상 – 행위는 이와 같은 고통조차, 사실, 지각하지 못한다. 입술이 사라지고 손이 증발하며 발이 굳었다. 아우성 없는 비극을 뚫고, 무효의 사태들이 시집을 흥건하게 적시며, 우리가 현실이라고 믿는 이곳으로 범람한다. 바로 이렇게, 이수명은 이 세계를 향해, 자본주의의 한복판에다가 『물류창고』를 폭탄처럼 투척한다. ▨

646 참조.